四《よ》つ子《ご》ぐらし①

ひみつの姉妹《しまい》生活《せいかつ》、スタート！

ひのひまり・作
佐倉《さくら》おりこ・絵

JN242352

角川つばさ文庫

もくじ

キャラクター紹介《しょうかい》
まじめで、
ちょっと
内気《うちき》な三女《じょ》。
宮美三風《みやびみふ》
しっかり者《もの》で
優《やさ》しい、
四《よ》つ子《こ》の長女《ちょうじょ》。
宮美一花《みやびいちか》
元気《げんき》いっぱいで
明《あか》るい、
関西弁《かんさいべん》の次女《じじょ》。
宮美二鳥《みやびにとり》
おとなしくて、
無口《むくち》な末《すえ》っ子《こ》。
宮美四月《みやびしづき》
三風《みふ》のクラスメイト。
写真《しゃしん》をとるのが趣味《しゅみ》。
野町《のまち》 湊《みなと》
子《こ》ども達《たち》の自立《じりつ》を
応援《おうえん》している、国《くに》のえらい人《ひと》。
富士山鷹雄《ふじやまたかお》

1　はじめまして、四姉妹《よんしまい》

「わ……わ……わ……私《わたし》がいる!?」


部屋《へや》に一歩《いっぽ》入《はい》って、私《わたし》は何度《なんど》もまばたきをした。

夢《ゆめ》？　痛《いた》い……夢《ゆめ》じゃない！　え？　じゃあ、どういうこと!?

つねったほおをさすりながら、混乱《こんらん》でよろめく。

だって、だってだって！

今《いま》、私《わたし》の目《め》の前《まえ》には、自分《じぶん》とまったく同《おな》じ顔《かお》の女《おんな》の子《こ》がいるんだもの！

しかも、一人《ひとり》だけじゃない。

一人《ひとり》、二人《ふたり》、……なんと三人《にん》!!!

「「「……………！」」」

イスに座《すわ》っている私《わたし》……じゃない、私《わたし》と同《おな》じ顔《かお》の三人《にん》も、まったく同《おな》じようにおどろいてる。

その見開《みひら》いた目《め》も、
ぽかんと開《あ》いた口《くち》も、
胸《むね》くらいまである髪《かみ》も、みんな私《わたし》とおんなじだ。
まるで——鏡《かがみ》から自分《じぶん》が三人《にん》ぬけでてきたみたい……！
ひゅ……、と、私《わたし》の肺《はい》が忘《わす》れていた呼吸《こきゅう》を再開《さいかい》する。
そのとたん、急《きゅう》に頭《あたま》が回転《かいてん》しはじめ、心臓《しんぞう》が大太鼓《おおだいこ》みたいにドンドン鳴《な》りだした。
どど、どうなってるの!?　一体《いったい》なんなの？　まさか、こ、これって……、
「ど……どっ………ドッ…………」
ドッペルゲンガーーーーー!?
さけぶ寸前《すんぜん》、
「やっと四人《にん》そろったね！」
男性《だんせい》の大声《おおごえ》がとどろいた。
ビクッとしてふりかえると、まるで熊《くま》みたいに大《おお》きな男《おとこ》の人《ひと》が、どーんと立《た》っている。
だ……だれ？
と聞《き》くヒマもなく、

「君《きみ》は宮美《みやび》三風《みふ》さんかな？」

「あ、はい。あの……」

「まあまあ、とにかく中《なか》に入《はい》って！」

私《わたし》は強引《ごういん》に部屋《へや》におしこまれ、ドスン！　といきおいよくイスに座《すわ》らされた。

「僕《ぼく》の名前《なまえ》は富士山鷹雄《ふじやまたかお》！　国《くに》のえらい人《ひと》だ！　わははははは！」

男《おとこ》の人《ひと》は、大《おお》きな口《くち》を大《おお》きく開《ひら》き、メガホンでも通《とお》したような大声《おおごえ》で言《い》った。

私《わたし》、完全《かんぜん》に固《かた》まっちゃって……。

横《よこ》を見《み》ると、同《おな》じようにフリーズした私《わたし》が三人《にん》。

まるで熊《くま》の前《まえ》にウサギが四匹《ひき》ならんでるみたい。

ああ……いろんなことが起《お》きすぎて、何《なに》がなんだかわからないよ。

一体《いったい》、どうなってるの？

私《わたし》たちは、かたずをのんで富士山《ふじやま》さんを見《み》つめた。

「ははは、びっくりしてるね！　うんうん、無理《むり》もない。だけどまずは聞《き》いてほしいんだ。実《じっ》はね……」

すると次《つぎ》の瞬間《しゅんかん》、その口《くち》からとんでもない言葉《ことば》が放《はな》たれた。

「君《きみ》たちは四《よ》つ子《ご》だったんだ！」

まったく同じ声《こえ》が四つ重《かさ》なった。

「「「「えっ」」」」

……よ……つ……ご…………。

まるでスローモーションみたいに、

言葉《ことば》の一文字《ひともじ》一文字《ひともじ》が、私《わたし》の心《こころ》にひびきわたった。

何《なに》も言葉《ことば》が出《で》てこない。

そんな私《わたし》たちを見《み》て、富士山《ふじやま》さんは優《やさ》しくほほえんだ。

「君《きみ》たちはひとりぼっち、天涯孤独《てんがいこどく》なんかじゃなかったんだ——家族《かぞく》がいたんだよ」

2　ひとりぼっちの私《わたし》

——運命《うんめい》の出会《であ》いの一週間前《しゅうかんまえ》。


「三風《みふ》さん、大事《だいじ》な話《はなし》があるの。ちょっと、来《き》てくれない？」

先生《せんせい》に呼《よ》ばれて、私《わたし》は職員室《しょくいんしつ》にやってきた。

といっても、学校《がっこう》の、じゃなくて、施設《しせつ》の職員室《しょくいんしつ》。

私《わたし》・宮美三風《みやびみふ》は「かんろ児院《じいん》」という施設《しせつ》で暮《く》らしているんだ。

ここは、わけあって親《おや》と暮《く》らせない子《こ》たちが、職員《しょくいん》さんといっしょに生活《せいかつ》している場所《ばしょ》。

子《こ》どもの年齢《ねんれい》は、幼稚園児《ようちえんじ》から、高校生《こうこうせい》までいろいろ。

人数《にんずう》は、男女合《だんじょあ》わせて十二、三人《にん》くらいかな。

みんな、毎朝《まいあさ》決まった時間《じかん》に起《お》きて、この施設《しせつ》から学校《がっこう》に通《かよ》い、この施設《しせつ》に帰《かえ》ってきて、みんないっしょにごはんを食《た》べて、夜《よる》は決《き》まった時間《じかん》に消灯《しょうとう》。

そんな暮《く》らしをしているの。

職員室《しょくいんしつ》に呼《よ》びだされるなんて、めったにないから緊張《きんちょう》しちゃう。

どうしよう。何《なに》か怒《おこ》られるようなことしたかなぁ……小学校最後《しょうがっこうさいご》の確認《かくにん》テスト、けっこう悪《わる》い点《てん》だったし……『中学生《ちゅうがくせい》になったら、こんなことじゃダメよ』とか言《い》われるのかなぁ……。

窓《まど》の外《そと》では、桜《さくら》が咲《さ》きかけていた。

今《いま》は春休《はるやす》み。四月《がつ》から、私《わたし》は中学《ちゅうがく》一年生《ねんせい》になる。

「失礼《しつれい》します……」

おそるおそる職員室《しょくいんしつ》に足《あし》をふみいれると、先生《せんせい》は「どうぞ座《すわ》って」と笑顔《えがお》でイスを指《ゆび》さした。

ゆっくりこしを下《お》ろすと、先生《せんせい》は「ヒミツよ」って、チョコパイをひとつ渡《わた》してくれた。

「いいんですか?」

「うん。ほかのみんなにはナイショね」

そう言《い》われると、罪悪感《ざいあくかん》で食《た》べられなくなっちゃう。

私《わたし》がもじもじとつつみ紙《がみ》をいじっていると、先生《せんせい》がゆっくりと口《くち》を開《ひら》いた。

「今日《きょう》はね、三風《みふ》さんに、とっても大事《だいじ》な相談《そうだん》があるの」

「大事《だいじ》な……相談《そうだん》?」

「今《いま》、国《くに》の福祉省《ふくししょう》で、要養護未成年自立生活練習計画《ようようごみせいねんじりつせいかつれんしゅうけいかく》っていう試《こころ》みがなされようとしているの。聞《き》いたことある?」

「よ……ようよう……?」

私《わたし》は首《くび》を横《よこ》にふった。そんなむずかしい言葉《ことば》、聞《き》いたこともない。

「それは、つまりね、三風《みふ》さんみたいな、施設《しせつ》で暮《く》らす親《おや》のいない子《こ》が数人集《すうにんあつ》まって、子《こ》どもだけで共同生活《きょうどうせいかつ》をすることで、自立《じりつ》の練習《れんしゅう》をする、っていう試《こころ》みなのよ」

「自立《じりつ》の、練習《れんしゅう》?」

「ええ。三風《みふ》さんのような保護者《ほごしゃ》がいない子《こ》は、十八歳《さい》になって高校《こうこう》を卒業《そつぎょう》したら、施設《しせつ》を出《で》て自立《じりつ》……つまり、一人《ひとり》で生《い》きていかなくてはいけないの。知《し》ってるわよね」

私《わたし》はゆっくりとうなずいた。

それが合図《あいず》だったかのように、胸《むね》が、ズン……と重《おも》くなる。

私《わたし》には両親《りょうしん》がいない。

十三年前《ねんまえ》の、四月《がつ》二十五日《にち》のことだ。

赤《あか》ちゃんだった私《わたし》は、かんろ児院《じいん》に預《あず》けられた。

私《わたし》のお母《かあ》さんらしき人《ひと》は、私《わたし》の入《はい》ったバスケットを施設《しせつ》の玄関《げんかん》に置《お》くと、何《なに》も言《い》わず、すぐに走《はし》り去《さ》ってしまったんだって。

だから、私《わたし》の誕生日《たんじょうび》である四月《がつ》二十五日《にち》は、生《う》まれた日《ひ》じゃなくて、預《あず》けられた日《ひ》。

バスケットのタグに「宮美三風《みやびみふ》」と書《か》いてあったから、それがそのまま名前《なまえ》になった。

ほかにバスケットに入《はい》っていたのは、水色《みずいろ》のハート形《がた》をしたペンダント、ひとつだけ。

ふだんは服《ふく》の下《した》にかくしているけれど、肌身離《はだみはな》さず首《くび》にかけているの。

それが唯一《ゆいいつ》の、家族《かぞく》とのつながり……。

だから、高校《こうこう》を卒業《そつぎょう》して施設《しせつ》を出《で》たあと、たよれる人《ひと》はだれもいない。

なのに、一人《ひとり》で生《い》きていかなくちゃならなくなる

ときは、確実《かくじつ》に、ようしゃなくやってくる。

「三風《みふ》さん。一人《ひとり》で生《い》きていくってことは、思《おも》っているより、ずっと大変《たいへん》なことなのよ。働《はたら》いて、家賃《やちん》や生活費《せいかつひ》をかせがなくちゃならない。身《み》の回《まわ》りの家事《かじ》は全部《ぜんぶ》一人《ひとり》でこなさなくちゃいけない。病気《びょうき》になったら一人《ひとり》で病院《びょういん》に行《い》く。朝《あさ》は一人《ひとり》で起《お》きて、夜《よる》は一人《ひとり》でねむる……」

今《いま》までにも、何度《なんど》か聞《き》かされた話《はなし》。

わかってるよそんなの……知《し》ってるんだから、何度《なんど》も言《い》わないでよ。

耳《みみ》をふさいで、首《くび》をふって、そう言《い》いかえせたらいいのに。

私《わたし》、思《おも》いを口《くち》に出《だ》して伝《つた》えるのが苦手《にがて》だから、こんなときはだまって下《した》を向《む》いてしまう。

同時《どうじ》に心《こころ》が、すうっと暗《くら》くなっていく。

私《わたし》……一人《ひとり》で生《い》きていけるのかな。一人《ひとり》で生《い》きて……ひとりぼっちで、死《し》んでいくのかな。

そんなことを考《かんが》えると、永遠《えいえん》に止《や》まない雨《あめ》の中《なか》に、一人取《ひとりと》りのこされたような気持《きも》ちになるの。

前《まえ》も後《うし》ろも、右《みぎ》も左《ひだり》も、かすんで、何《なに》も見《み》えない。

冷《つめ》たくて、さみしくて、怖《こわ》い……。

いい未来《みらい》なんて、ひとつも想像《そうぞう》できないよ。

必要《ひつよう》なお金《かね》を出《だ》してくれたり、家《いえ》に住《す》ませてくれたり、ごはんを作《つく》ってくれたりする……。

何《なに》があっても、助《たす》けてくれる、心配《しんぱい》してくれる、居場所《いばしょ》をくれる、支《ささ》えつづけてくれる……。

そんな人《ひと》が、私《わたし》の未来《みらい》には、一人《ひとり》もいないんだ……——。

知《し》らないうちに、顔《かお》をゆがめていたのかな。

ふいに、先生《せんせい》が肩《かた》をポンとたたいてきた。

「不安《ふあん》よね。いきなり一人《ひとり》で生《い》きていくなんて、無理《むり》だって思《おも》うわよね。だれでもそうよ。だから、自立《じりつ》には、練習《れんしゅう》が必要《ひつよう》じゃないかって、国《くに》のえらい人《ひと》は考《かんが》えたのよ」

「……」

だまっていると、先生《せんせい》が続《つづ》けた。

「身寄《みよ》りのない子《こ》が自立《じりつ》するには、練習《れんしゅう》が必要《ひつよう》。だから、同《おな》じような境遇《きょうぐう》の子《こ》たちが集《あつ》まって、子《こ》どもだけで、自立《じりつ》の練習《れんしゅう》をしながらいっしょに暮《く》らせばいい。それが、要養護未成年自立生活《ようようごみせいねんじりつせいかつ》練習計画《れんしゅうけいかく》……主《おも》に中学生《ちゅうがくせい》が対象《たいしょう》だから、略《りゃく》して、中学生自立練習計画《ちゅうがくせいじりつれんしゅうけいかく》、よ」

先生《せんせい》の口調《くちょう》は明《あか》るい。

だけど……なんだか、イヤな予感《よかん》。

と同時《どうじ》に、先生《せんせい》がいっそう声《こえ》を大《おお》きくした。

「で、国《くに》のえらい人《ひと》がね、ぜひ宮美三風《みやびみふ》さんに参加《さんか》してほしいって言《い》ってるの。どうかな?」

ああっ、やっぱりそうきた。

肩《かた》をすくめながら、私《わたし》は言《い》った。

「あの、先生《せんせい》。つまり……それって……この施設《しせつ》を出《で》て、別《べつ》の場所《ばしょ》で暮《く》らさなくちゃならない、ってことですか？」

「そういうことになるわ。申《もう》し訳《わけ》ないけど、四月《がつ》から通《かよ》う中学《ちゅうがく》も別《べつ》のところになるわね」

一気《いっき》に体《からだ》がこわばった。

施設《しせつ》を出《で》て、知《し》らない場所《ばしょ》で知《し》らないだれかと、子《こ》どもたちだけで生活《せいかつ》している自分《じぶん》なんて、全然想像《ぜんぜんそうぞう》できなかった。

家族《かぞく》はいなくても、優《やさ》しい先生《せんせい》や、いっしょに暮《く》らす仲間《なかま》がいる。

そう思《おも》ってこれまでがんばってきたのに……。

小学校《しょうがっこう》で仲《なか》のよかった友達《ともだち》とも、離《はな》ればなれになっちゃうよ。

だけど「不安《ふあん》です、怖《こわ》いです、イヤです」と、口《くち》に出《だ》すことはできない。

だって……そんなこと言《い》って断《ことわ》ったら、先生《せんせい》は困《こま》っちゃうだろうし……。

「わがままね」とか「がっかりよ」なんて思《おも》われるかもしれないし……。

「三風《みふ》さんはとてもしっかりしているし、大丈夫《だいじょうぶ》じゃないかなって、先生思《せんせいおも》うのよね。施設《しせつ》の先《せん》生《せい》はみーんな、三風《みふ》さんのことをほめてるのよ。しっかりしてる、って」

勝手《かって》なことばかり言《い》わないでよ……と思《おも》う。

だけどやっぱり言《い》えないや。

「詳《くわ》しいことはこの書類《しょるい》に書《か》いてあるの。ざっとでいいから、目《め》を通《とお》してくれるかな」

先生《せんせい》はそう言《い》って、封筒《ふうとう》から数枚《すうまい》の書類《しょるい》を取《と》りだし、手渡《てわた》してくれた。

【要養護未成年自立生活練習計画《ようようごみせいねんじりつせいかつれんしゅうけいかく》（中学生自立練習計画《ちゅうがくせいじりつれんしゅうけいかく》）とは？】

・身寄《みよ》りのない子《こ》ども四人《にん》だけで、一戸建《いっこだ》ての家《いえ》に住《す》む。
・家《いえ》には、自分専用《じぶんせんよう》のひとり部屋《べや》が用意《ようい》される。
・その家《いえ》から近《ちか》い公立《こうりつ》の中学校《ちゅうがっこう》に進学《しんがく》する。
・家賃《やちん》と学費《がくひ》は国《くに》が出《だ》してくれる。
・それとは別《べつ》に、毎月決《まいつきき》まった額《がく》のお金《かね》が、生活費《せいかつひ》として国《くに》からもらえる。
・もらった生活費《せいかつひ》から、食費《しょくひ》、水道光熱費《すいどうこうねつひ》などを支払《しはら》うことで、やりくりを学《まな》ぶ。

なるほど……。

子《こ》ども四人《にん》だけで、普通《ふつう》の家《いえ》で、まるで大人《おとな》みたいに暮《く》らすんだ。

家賃《やちん》や学費《がくひ》だけじゃなく、毎月決《まいつきき》まったお金《かね》がもらえるなら、ちょっと安心《あんしん》かも。

たしかに、自立《じりつ》のいい練習《れんしゅう》にはなりそうだよね。

「もし、どうしても気《き》の合《あ》わない相手《あいて》なら、いつでも帰《かえ》ってきていいのよ。だから、会《あ》うだけ会《あ》ってみてくれないかしら？　先生《せんせい》、悪《わる》い話《はなし》じゃないと思《おも》うの。国《くに》の担当職員《たんとうしょくいん》さんたちも、とってもいい方《かた》で、三風《みふ》さんたちが幸《しあわ》せになれるようにって、みんな真剣《しんけん》に考《かんが》えてくれていて――」

先生《せんせい》の言葉《ことば》が、次第《しだい》に熱《ねつ》を帯《お》びてきた。

私《わたし》の心《こころ》にも、その熱意《ねつい》がじわりと伝《つた》わってくる。

たくさんの大人《おとな》が、私《わたし》みたいな身寄《みよ》りのない子《こ》たちのために、一生懸命働《いっしょうけんめいはたら》いてくれていた。

子《こ》どもだけで暮《く》らせる計画《けいかく》を立《た》てて、準備《じゅんび》まで整《ととの》えてくれていたんだ。

私《わたし》が「子《こ》ども」でいられるのは、中学生《ちゅうがくせい》と高校生《こうこうせい》、合《あ》わせてあと六年《ねん》しかない。

遅《おそ》かれ早《はや》かれ、自立《じりつ》しなきゃいけないときはやってくる。

逃《のが》れられない運命《うんめい》なら、いっそ立《た》ち向《む》かってみるのもアリ……なのかな。

いつまでも「未来《みらい》が不安《ふあん》だ、怖《こわ》いよう」って思《おも》っているばかりじゃ、何《なに》も始《はじ》まらないのかも。

この計画《けいかく》に参加《さんか》したら、一人《ひとり》でも生《い》きていける、強《つよ》い自分《じぶん》に変《か》われるかもしれない……。

私《わたし》は服《ふく》の上《うえ》から、お母《かあ》さんの残《のこ》したペンダントにふれてみた。

ハートの形《かたち》をした石《いし》を、親指《おやゆび》で何度《なんど》もなぞる。

お母《かあ》さん、見守《みまも》っていて……。

心《こころ》の中《なか》でそうつぶやいて、私《わたし》は覚悟《かくご》を決《き》めた。

「……わかりました。やってみます」

思《おも》い切《き》って答《こた》えると、先生《せんせい》は真剣《しんけん》なまなざしでうなずいて、立《た》ちあがった。

「ありがとう。絶対《ぜったい》に、うまくいく。先生《せんせい》はいつでも味方《みかた》よ」

「はいっ。が、がんばります！」

つられて、思《おも》わずバッと立《た》ちあがったら、

――バサバサバサッ……！

「あああぁ～……！」

ひざの上《うえ》から書類《しょるい》がすべりおちて、みーんな床《ゆか》に散《ち》らばっちゃった！

「まあまあ」

先生《せんせい》は苦笑《にがわら》いしながら、いっしょに書類《しょるい》を拾《ひろ》ってくれる。

はぁ……先《さき》が思《おも》いやられるよ。

私《わたし》って、昔《むかし》からちょっとドジなんだよね……。

「ん？」

拾《ひろ》いあげた一枚《まい》の書類《しょるい》に、私《わたし》は目《め》をうばわれた。

紙《かみ》のはしっこに、とってもかわいいロゴマークが印刷《いんさつ》されてたの。

ピンク、赤《あか》、水色《みずいろ》、紫色《むらさきいろ》……カラフルな四つの葉《は》を持《も》つクローバーだ。

《――明《あか》るい未来《みらい》を切《き》りひらく――株式会社《かぶしきがいしゃ》クワトロフォリア》

高級感《こうきゅうかん》のある書体《しょたい》で、大《おお》きくそんなタイトルが書《か》かれている。

「先生《せんせい》……なんですか？　これ」

「ああ、それは、クワトロフォリアのチラシね。なんでも、国《くに》がこの中学生《ちゅうがくせい》自立《じりつ》練習計画《れんしゅうけいかく》を始《はじ》められるようになったのは、この会社《かいしゃ》のおかげみたいよ」

「え？」

「クワトロフォリアって、とっても大《おお》きな会社《かいしゃ》でね。社長《しゃちょう》は大富豪《だいふごう》で、この計画《けいかく》だけじゃなく、施設《しせつ》で暮《く》らす子《こ》どもたちのために、何十億《なんじゅうおく》という寄付《きふ》をしてくれたらしいわ」

「な、何十億《なんじゅうおく》!?」

何十億《なんじゅうおく》って……途方《とほう》もない額《がく》だよ。宝《たから》くじの一等《とう》より多《おお》いんじゃない?
私《わたし》は改《あらた》めてチラシに目《め》をやった。
かわいい四《よ》つ葉《ば》のクローバー。ピンク、赤《あか》、水色《みずいろ》、紫色《むらさきいろ》……。
マークを見《み》つめながら、これから始《はじ》まる四人《にん》の生活《せいかつ》を想像《そうぞう》してみた。
ほかの三人《にん》は、一体《いったい》どんな子《こ》たちなんだろう。
不安《ふあん》が半分《はんぶん》。「がんばるぞ!」っていう気持《きも》ちが半分《はんぶん》。
私《わたし》は服《ふく》の上《うえ》から、ぎゅっとペンダントをにぎりしめた。

施設《しせつ》を出《で》る日《ひ》は、あっという間《ま》にやってきた。
朝《あさ》、私《わたし》はいつもよりずっと早《はや》く起《お》きて、お気《き》に入《い》りの水色《みずいろ》のブラウスに着替《きが》えた。
みんなに見送《みおく》られながら、かんろ児院《じいん》を出《で》て、電車《でんしゃ》を乗《の》りつぎ、新《あたら》しい町《まち》へと向《む》かう。
初《はじ》めて降《お》りる駅《えき》。
初《はじ》めて通《とお》る商店街《しょうてんがい》。

初《はじ》めて通《とお》る住宅街《じゅうたくがい》。

建物《たてもの》、看板《かんばん》、バス停《てい》、坂道《さかみち》、駐車場《ちゅうしゃじょう》、フェンス、電信柱《でんしんばしら》、小《ちい》さな畑《はたけ》、土《つち》のにおい。

全部《ぜんぶ》が全部《ぜんぶ》、初《はじ》めてのものばかり。

今日《きょう》から本当《ほんとう》に、新《あたら》しい家《いえ》で、子《こ》どもたち四人《にん》だけでの暮《く》らしが始《はじ》まるんだ。

緊張《きんちょう》と不安《ふあん》がふくらんでいく。

かさばる物《もの》は前日《ぜんじつ》に宅配便《たくはいびん》で送《おく》ってあるから、荷物《にもつ》は貴重品《きちょうひん》を入《い》れたリュックひとつだけ。

体《からだ》は軽《かる》いはずなのに、心《こころ》はなんとなく重《おも》い。

間違《まちが》えないよう「家《いえ》」までの地図《ちず》を何度《なんど》も見《み》ながら、初《はじ》めての町《まち》を進《すす》んでいった。

「次《つぎ》の角《かど》を……左《ひだり》だ」

角《かど》を曲《ま》がった先《さき》のつきあたりにあったのは、一軒《いっけん》の、ちょっと古《ふる》そうな家《いえ》。

ここが、中学生自立練習計画《ちゅうがくせいじりつれんしゅうけいかく》の家《いえ》……四人《にん》で住《す》む家《いえ》。

私《わたし》の新《あたら》しい居場所《いばしょ》……。

《家《いえ》に入《はい》ったら、一階《かい》ろうか右手《みぎて》の部屋《へや》に集合《しゅうごう》してください》

地図《ちず》にはそう書《か》きそえてあった。

「よし……」

――ガチャ

覚悟《かくご》を決《き》めて、家《いえ》のドアを開《あ》けた。

小《こ》ぶりだけど、きれいな玄関《げんかん》。

そこからまっすぐのびるろうか。

奥《おく》の部屋《へや》には、段《だん》ボールの山《やま》があるみたい。

足元《あしもと》に目《め》を向《む》けると、そこにはすでに靴《くつ》が三足《そく》。

ほかの子《こ》たち……もう来《き》てるんだ！

私《わたし》は急《いそ》いで靴《くつ》をぬいで、すぐ右《みぎ》の部屋《へや》の扉《とびら》を開《あ》けた。

開《あ》けた――――瞬間《しゅんかん》だった。

「わ…わ……わ………私《わたし》がいる!?」

そこには、私《わたし》と同《おな》じ顔《かお》が三つならんでいたのだった。

3 四姉妹生活《よんしまいせいかつ》、始《はじ》まる

部屋《へや》の中《なか》は、しーんと静《しず》まりかえっている。

――「君《きみ》たちは四《よ》つ子《ご》だったんだ！」

富士山《ふじやま》さんからそう言《い》われてしばらく、私《わたし》たち、石《いし》のように固《かた》まってた。
突然《とつぜん》、子《こ》ども四人《にん》だけで住《す》むことになって。
突然《とつぜん》、まったく知《し》らない町《まち》のまったく知《し》らない家《いえ》に来《き》て。
そしたら……。
自分《じぶん》が四《よ》つ子《ご》だったたって言《い》われて……。
こんなこと。

こんなこと、あるわけ……、

「こんなことあるわけない！」

「えっ!?」

一瞬《いっしゅん》、自分《じぶん》の心《こころ》の声《こえ》がもれてしまったのかと思《おも》った。

でも、声《こえ》の主《ぬし》は、私《わたし》と同《おな》じ顔《かお》の、私《わたし》じゃない女《おんな》の子《こ》だ。

その子《こ》は立《た》ちあがると、富士山《ふじやま》さんに向《む》かってほえた。

「そんなん急《きゅう》に言《い》われたかて信《しん》じられへん！　証拠《しょうこ》ないやん!!」

関西弁《かんさいべん》だけど、声《こえ》はまったく私《わたし》といっしょ。

「君《きみ》は……宮美《みやび》二鳥《にとり》さんだね？　証拠《しょうこ》ならあるぞ。これを見《み》てごらん！」

そう言《い》って、富士山《ふじやま》さんがテーブルの上《うえ》に四通《つう》の書類《しょるい》をならべた。

おそるおそるのぞきこむと、そこには四人《にん》のプロフィールがのっていた。

宮美《みやび》一花《いちか》、

宮美《みやび》二鳥《にとり》、

宮美《みやび》三風《みふ》、

宮美《みやび》四月《しづき》。

それぞれの名前《なまえ》の下《した》にある四枚《まい》の顔写真《かおじゃしん》は、私《わたし》にすら見分《みわ》けがつかない。

誕生日《たんじょうび》は、四人《にん》とも四月《がつ》二十五日《にち》。

血液型《けつえきがた》も、四人《にん》ともA型《がた》。

備考欄《びこうらん》には……「DNA型一致《がたいっち》」「姉妹《しまい》である確率《かくりつ》100%《パーセント》」……！

ウソ……！　こんなことって……！

だって、双子《ふたご》ならともかく、四《よ》つ子《ご》なんてウソみたい。

とてもじゃないけど、現実《げんじつ》に起《お》こっている本当《ほんとう》のこととは思《おも》えないよ。

でも、顔《かお》や、苗字《みょうじ》や、誕生日《たんじょうび》や血液型《けつえきがた》が同《おな》じ……しかもDNAまで同《おな》じとなると……。

本当《ほんとう》に……本当《ほんとう》に私《わたし》たち、血《ち》のつながった、四《よ》つ子《ご》の四姉妹《よんしまい》なんだ！

ものも言《い》えず、私《わたし》たちは顔《かお》を見《み》あわせた。

一花《いちか》ちゃん……二鳥《にとり》ちゃん……四月《しづき》ちゃん……。

さっき、関西弁《かんさいべん》の子《こ》が二鳥《にとり》さんって呼《よ》ばれてた。

じゃあ、ほかの二人《ふたり》はどっちがどっちなんだろう？

目《め》が回《まわ》りそうな私《わたし》たちに、富士山《ふじやま》さんは告《つ》げた。

「実《じつ》はね、この中学生《ちゅうがくせい》自立練習計画《じりつれんしゅうけいかく》の候補者《こうほしゃ》をリストアップしていたら、たまたま同《おな》じ苗字《みょうじ》で、同《おな》じ顔《かお》の子《こ》が四人《にん》も見《み》つかったんだよ。まさか、四《よ》つ子《ご》の姉妹《しまい》が、みんな別々《べつべつ》の施設《しせつ》に預《あず》けられているなんて、だれも思《おも》わなくてね。ずっと会《あ》わせてあげられなくて……本当《ほんとう》に申《もう》し訳《わけ》ない」

明《あか》るかった富士山《ふじやま》さんが、少《すこ》しつらそうな表情《ひょうじょう》をみせた。

「僕《ぼく》だけじゃなく、国《くに》の職員《しょくいん》たちも、本当《ほんとう》におどろいていた。君《きみ》たち四人《にん》を絶対《ぜったい》にいっしょに暮《く》らさせてあげたい……家族《かぞく》にもどしてあげたいっていう声《こえ》が、何人《なんにん》もの職員《しょくいん》から挙《あ》がってね——聞《き》いたかもしれないけれど、大《おお》きな企業《きぎょう》もお金《かね》を出《だ》すと言《い》ってくれた。おかげで、計画開始《けいかくかいし》まで一年《ねん》はかかるって言《い》われていたのに、たった三か月《げつ》で、この中学生自立練習計画《ちゅうがくせいじりつれんしゅうけいかく》を始《はじ》められることになったんだよ」

必死《ひっし》に内容《ないよう》を整理《せいり》しようと、くらくらする頭《あたま》をかかえ、思《おも》わず目《め》をつむる。

「血《ち》のつながった姉妹《しまい》で、いっしょに暮《く》らせるんだよ」

ハッと目《め》を開《ひら》くと、瞳《ひとみ》をキラキラさせた富士山《ふじやま》さんがこちらを熱《ねっ》ぽく見《み》つめていて。

私《わたし》は、ごくっ、とのどを鳴《な》らした。

ほかの三人《にん》の女《おんな》の子《こ》も、まったく同《おな》じ表情《ひょうじょう》で、まったく同《おな》じタイミングでのどを鳴《な》らした。

富士山《ふじやま》さんはその様子《ようす》を見《み》て面白《おもしろ》そうにクスクス笑《わら》い、手《て》を、パン！　とたたいてみせた。

「じゃあ、そういうことで！　これからは四人暮《にんぐ》らしだ。助《たす》けてあげたいのは山々《やまやま》だけど、自立《じりつ》の練習《れんしゅう》だからね、僕《ぼく》はよっぽどのことがない限《かぎ》り、もうここへは来《こ》ない」

「「「え……あの……」」」

またしても同時《どうじ》に声《こえ》をあげた私《わたし》たちを見《み》て、富士山《ふじやま》さんは目《め》を細《ほそ》める。

「くわしいことは、あらかじめ配《くば》った資料《しりょう》に書《か》いてある。何《なに》か問題《もんだい》が起《お》こっても、四人《にん》で協力《きょうりょく》して乗《の》りこえてほしい。大丈夫《だいじょうぶ》だよ、君《きみ》たちはもう――」

――一人《ひとり》じゃないんだから。

富士山《ふじやま》さんはそう言《い》いのこして、去《さ》っていった。

部屋《へや》に残《のこ》された私《わたし》たち四人《にん》は、そろそろと立《た》ちあがり、輪《わ》になっておたがいを見《み》つめあった。

ならんでいるのは、やっぱり自分《じぶん》と同《おな》じ顔《かお》たち。

私《わたし》の……私《わたし》の、初《はじ》めての、家族《かぞく》！

パチパチするようなうれしさと、その倍《ばい》くらいの緊張《きんちょう》が、どっと押《お》しよせてきた。

だって、だって、私《わたし》に……私《わたし》に家族《かぞく》がいるなんて！

私《わたし》、ずっと今《いま》まで、自分《じぶん》は天涯孤独《てんがいこどく》なんだ、ひとりぼっちなんだって思《おも》ってたんだよ？

たよれる人《ひと》がだれもいないんだって思《おも》ったら、押《お》しつぶされそうなほどさみしかった。

なのに、まさか姉妹《しまい》がいるなんて。

しかも、それが自分《じぶん》とそっくりな四《よ》つ子《ご》の姉妹《しまい》だなんて、想像《そうぞう》したこともなかったよ！

指《ゆび》の先《さき》がふるえて、呼吸《こきゅう》がうまくできない。

私《わたし》は興奮《こうふん》を押《お》しかくすように口《くち》を閉《と》じて、手《て》のひらをきゅっとにぎった。

「これから、よろしくね」

声《こえ》をかけられ、ハッと顔《かお》を上《あ》げると、正面《しょうめん》にいる、私《わたし》と同《おな》じ顔《かお》の女《おんな》の子《こ》がほほえんでいた。

よく見《み》ると、背《せ》が少《すこ》し私《わたし》より高《たか》い。

淡《あわ》いピンクで、長《なが》めの大人《おとな》っぽいスカートがよく似合《にあ》っている。

「は、はい！　よっ、ヨロ、よろしくお願《ねが》いししシマ」

「あはは！　緊張《きんちょう》しすぎちゃう？　うちとそっくりやのに」

気《き》さくに肩《かた》をたたいてきたのは、左《ひだり》どなりの、私《わたし》と同《おな》じ顔《かお》の女《おんな》の子《こ》。

関西弁《かんさいべん》の……二鳥《にとり》ちゃんだ。

真《ま》っ赤《か》なパーカーに、ミニ丈《たけ》のジャンパースカートが、とってもおしゃれ。

「…………………」

私《わたし》をちらりと見《み》て、すぐに目《め》をそらしたのは、右《みぎ》どなりの、私《わたし》と同《おな》じ顔《かお》の女《おんな》の子《こ》。

彼女《かのじょ》は黒《くろ》いフレームのメガネをかけている。紫色《むらさきいろ》の服《ふく》はちょっとぶかぶかだ。

「よ……よろしくね」

私《わたし》がそっと声《こえ》をかけると、彼女《かのじょ》はすぐに下《した》を向《む》いちゃった。

「あ、そうだ……さっそくだけど、はいこれ。一人《ひとり》ひとつずつあるの。私《わたし》、一番先《いちばんさき》にここに着《つ》いてたから、富士山《ふじやま》さんから預《あず》かってたのよ」

背《せ》の高《たか》い子《こ》が私《わたし》たちに配《くば》ってくれたのは……あっ、す、すごい、家《いえ》のカギだ……！

ずっと施設《しせつ》で暮《く》らしてきた私《わたし》は、普通《ふつう》の一軒家《いっけんや》に住《す》むのも、カギを持《も》つのも初《はじ》めて。

施設《しせつ》では、先生《せんせい》たちが戸《と》じまりをしていたから、カギといえば大人《おとな》だけのものだったの。

感動《かんどう》をかみしめながら、銀色《ぎんいろ》にきらめくカギをじっと見《み》つめたあと、顔《かお》を上《あ》げる。

「ありがとうございますっ。……え、えっと……」

お礼《れい》を言《い》いたいのに、カギをくれた背《せ》の高《たか》い子《こ》の名前《なまえ》がわからない。

もじもじしていたら、彼女《かのじょ》は髪《かみ》を耳《みみ》にかけながらクスッと笑《わら》った。

「まさか、四《よ》つ子《ご》だなんてね。ふふっ。本当《ほんとう》にびっくりよ。みんなそっくりだし、だれがだれかわかんないわよね。自己紹介《じこしょうかい》しましょうか」

すると、背中《せなか》に冷《ひ》や汗《あせ》が伝《つた》った。

じ、自己紹介《じこしょうかい》……!? 何《なに》を言《い》うか、決《き》めてないよ……！

「せやなっ。ほんなら、とりあえず、好《す》きな食《た》べ物《もの》と、好《す》きな色《いろ》、言《い》おか」

二鳥《にとり》ちゃんの提案《ていあん》に、みんなはうなずく。

最初《さいしょ》は、背《せ》の高《たか》い子《こ》。

「宮美一花《みやびいちか》です。好《す》きな食《た》べ物《もの》は、アップルパイ。好《す》きな色《いろ》はピンクよ」

聞《き》き取《と》りやすい、はきはきした声《こえ》。

背《せ》すじもピンとのびていて、私《わたし》と同《おな》い年《どし》にしては、しっかりしている印象《いんしょう》だ。

二番目《ばんめ》は、関西弁《かんさいべん》の二鳥《にとり》ちゃん。

「うち、宮美二鳥《みやびにとり》。好《す》きな食《た》べ物《もの》はお好《この》み焼《や》きとチョコアイス。好《す》きな色《いろ》は赤《あか》！」

少《すこ》し早口《はやくち》で、ピンッと手《て》を上《あ》げる姿《すがた》は、頭《あたま》の先《さき》からつま先《さき》まで元気《げんき》いっぱい、といった感《かん》じ。

次《つぎ》は、二鳥《にとり》ちゃんのとなりに立《た》っている……わ、私《わたし》だぁ……！

「わわ、私《わたし》、宮美三風《みやびみふ》です！　好《す》きな食《た》べ物《もの》はカレーといちごです、す、好《す》きな色《いろ》は……」

とっさに思《おも》い浮《う》かばず、一瞬口《いっしゅんくち》が止《と》まってしまった。

そのとき頭《あたま》をよぎったのは、お母《かあ》さんのペンダントの、美《うつく》しい水色《みずいろ》。

「み、水色《みずいろ》です！」

一花《いちか》ちゃんは優《やさ》しくうなずき、二鳥《にとり》ちゃんはニパッと笑《わら》ってくれた。

う、うまく言《い》えた……！

なんとか自己紹介《じこしょうかい》を終《お》えて、小《ちい》さく息《いき》をつく。

最後《さいご》は、メガネの子《こ》。

「……宮美四月《みやびしづき》です……」

初《はじ》めて聞《き》いた四月《しづき》ちゃんの声《こえ》は、小《ちい》さく、消《き》えてしまいそうなくらいだった。

そして、それきりだまってしまう。

「あなたが四月《しづき》ね。好《す》きな食《た》べ物《もの》と、好《す》きな色《いろ》は？」

一花《いちか》ちゃんが笑顔《えがお》でうながしてあげたけど、

「……好《す》きな食《た》べ物《もの》も、好《す》きな色《いろ》も……特《とく》にありません」

四月《しづき》ちゃんはさっきよりも小《ちい》さい声《こえ》で言《い》って、下《した》を向《む》いちゃった。

横目《よこめ》でそっとうかがうと、彼女《かのじょ》は体《からだ》の前《まえ》で両手《りょうて》を組《く》み、小《ちい》さくふるえている。

自己紹介《じこしょうかい》って、ドキドキしちゃうもんね……。

私《わたし》もあがり症《しょう》だから、その気持《きも》ちはとてもよくわかるな。

なんとなくだけど、私《わたし》、四月《しづき》ちゃんとも仲《なか》よくなれそうな気《き》がするよ。

「そういえば、みんな名前《なまえ》に数字《すうじ》が入《はい》っているのよね」

緊張《きんちょう》してる四月《しづき》ちゃんを気《き》づかってくれたのかな。

一花《いちか》ちゃんは話題《わだい》を変《か》えるようにそう言《い》って、みんなを見回《みまわ》した。

「そうそう！　うちな、拾《ひろ》われたときバスケットに入《い》れられてたらしいんやけど、そのタグにこの名前《なまえ》が書《か》いてあったんやって」

「本当《ほんとう》？　私《わたし》もよ」

「わ、私《わたし》も！」

「……僕《ぼく》も」

四月《しづき》ちゃんは自分《じぶん》のことを「僕《ぼく》」って呼《よ》ぶみたい。

「みんなも、そうなんですね……。じゃあ、やっぱりお母《かあ》さんがつけてくれた名前《なまえ》なのかな？」

私《わたし》がつぶやくと、一花《いちか》ちゃんはうなずいた。

「きっと、そうでしょうね……あっ、もしかして、生《う》まれた順《じゅん》なんじゃない？」

「生《う》まれた順《じゅん》？」

「そう。一花《いちか》は一、だから、長女《ちょうじょ》は私《わたし》。同《おな》じように、次女《じじょ》は二鳥《にとり》、三女《じょ》は三風《みふ》、四女《じょ》は四月《しづき》」

「それめっちゃええやん！　決《き》まりやー！」

二鳥《にとり》ちゃんが飛《と》びはねた。私《わたし》の心《こころ》にも、パッと明《あか》るい光《ひかり》が射《さ》しこんだ。

私《わたし》、宮美家《みやびけ》の三女《じょ》だったんだ……！　三女《じょ》だから「三風《みふ》」なんだ！

小《ちい》さいころから、どうして「三風《みふ》」なんて名前《なまえ》なんだろう？　って疑問《ぎもん》に感《かん》じてたの。

特《とく》に「三《み》」。「実《み》」や「未《み》」ならともかく、数字《すうじ》の「三《さん》」？　って。

一花《いちか》ちゃんと二鳥《にとり》ちゃんは私《わたし》のお姉《ねえ》ちゃん。四月《しづき》ちゃんは私《わたし》の妹《いもうと》。だから私《わたし》、三風《みふ》なんだね。

今《いま》まで引《ひ》っかかっていた名前《なまえ》なのに、理由《りゆう》がわかるとあっという間《ま》に大好《だいす》きになれた。

「これから、うちらは家族《かぞく》や。一花《いちか》、三風《みふ》ちゃん、シヅちゃん、よろしくっ」

「よろしくね。二鳥《にとり》、三風《みふ》、四月《しづき》」

二鳥《にとり》ちゃんと一花《いちか》ちゃん——二人《ふたり》のお姉《ねえ》ちゃんに名前《なまえ》を呼《よ》ばれて、実感《じっかん》した。

本当《ほんとう》に私《わたし》たち、家族《かぞく》になるんだ！

それを思《おも》うと、またピリッと華《はな》やかな緊張《きんちょう》が走《はし》る。

「よっ、よろしくお願《ねが》いします！」

「…………………………」

私《わたし》はまだ敬語《けいご》がぬけない。

四月《しづき》ちゃんはだまったままだ。

ぎくしゃくしているけれど、できたてほやほやの家族《かぞく》だから、仕方《しかた》がないのかも。


「よっしゃ！　そしたらさっそく家《いえ》ん中《なか》の探検《たんけん》や！」

あいさつが終《お》わると、二鳥《にとり》ちゃんが楽《たの》しそうな声《こえ》をあげて、ダッ、と部屋《へや》を飛《と》びだした。

「えっ、ちょっと……！」

私《わたし》たちが部屋《へや》から出《で》ると同時《どうじ》に聞《き》こえてきたのは、

——トントントントントントン！

部屋《へや》のすぐとなりにある階段《かいだん》をかけあがる音《おと》。

「わーすごいっ、ベランダや！　あっベランダこっちにもある!!　すごーい!!」

――ドドドドッ、トトトッ、ドドドドドッ
二階《かい》をかけぬける二鳥《にとり》ちゃんの足音《あしおと》が家《いえ》じゅうにひびく。

な、なんて元気《げんき》なんだろ！

私《わたし》たち、階段《かいだん》の下《した》に集《あつ》まって、二階《かい》を見上《みあ》げながらあっけにとられちゃった。

「私《わたし》たちも行《い》きましょ。自分《じぶん》の部屋《へや》を決《き》めなくちゃ」

と一花《いちか》ちゃんに言《い》われて、はっと思《おも》いだした。

そうだ。一人《ひとり》にひとつ部屋《へや》が用意《ようい》されているって、資料《しりょう》に書《か》いてあった！

資料《しりょう》を読《よ》んだとき「ひとり部屋《べや》なんて、なんて豪華《ごうか》なんだろう」っておどろいたんだ。

かんろ児院《じいん》では、小学生以下《しょうがくせいいか》の子《こ》はみんな四人部屋《にんべや》の二段《だん》ベッドで寝起《ねお》きしていたの。

中学生以上《ちゅうがくせいいじょう》になっても、二人部屋《ふたりべや》で、やっぱり二段《だん》ベッドと決《き》まっていたから。

「うち、ここの洋室《ようしつ》がいい！」

二鳥《にとり》ちゃんの大《おお》きな声《こえ》が階段《かいだん》の下《した》までひびいてきた。

「走《はし》らないで！　下《した》にすっごくひびくんだから！」

同《おな》じくらい大《おお》きな声《こえ》で返《かえ》しながら、一花《いちか》ちゃんは二階《かい》へ上《あ》がっていく。私《わたし》もあとに続《つづ》いた。

階段《かいだん》はちょっと急《きゅう》。家《いえ》が古《ふる》いせいかな。ちょっとだけ危《あぶ》ないかも。

手《て》すりをにぎって階段《かいだん》を上《のぼ》って……やっと二階《かい》についた。

「わぁ……！」

施設育《しせつそだ》ちの私《わたし》には「一戸建《いっこだ》ての家《いえ》の二階《かい》」だってめずらしい。

階段《かいだん》を上《あ》がった正面《しょうめん》に和室《わしつ》がひとつ。

ろうかのつきあたりにも和室《わしつ》がひとつあって、ろうかを左《ひだり》に曲《ま》がると洋室《ようしつ》がひとつあるみたい。

どれかが自分《じぶん》の部屋《へや》になるんだって思《おも》ったら、うれしくて、思《おも》わずため息《いき》をもらしちゃった。

私《わたし》は明《あか》るい光《ひかり》に誘《さそ》われるように、正面《しょうめん》の和室《わしつ》へと入《はい》ってみた。

広《ひろ》さは六畳《じょう》。部屋《へや》の右側《みぎがわ》が押《お》し入《い》れで、左側《ひだりがわ》はふすま。

部屋《へや》の奥《おく》には掃《は》きだし窓《まど》があって、ベランダもついている。

あ、小《ちい》さい床《とこ》の間《ま》みたいなのもある！

うきうきと部屋《へや》を見回《みまわ》していると、

「私《わたし》、ここにしようかしら。いい日当《ひあ》たり……すぐ布団《ふとん》が干《ほ》せるわ」

この和室《わしつ》は、となりの和室《わしつ》とつながっているみたい。

ふすまの向《む》こうから、一花《いちか》ちゃんのひとりごとが聞《き》こえた。

あ、そっか、布団《ふとん》とか、干《ほ》さなきゃいけないんだよね……。

この家《いえ》には、私《わたし》たち四人《にん》だけが住《す》む——つまり、大人《おとな》がいないから。

自立《じりつ》の練習《れんしゅう》のために、家事《かじ》は自分《じぶん》たちだけでしなくちゃいけないんだ。

布団《ふとん》って、どうやって干《ほ》せばいいんだろう……。

わからないことがあっても、近《ちか》くにしっかり者《もの》の一花《いちか》ちゃんがいれば、安心《あんしん》な気《き》がするなぁ。

「あ、あ、あのっ……！」

私《わたし》は勇気《ゆうき》を出《だ》して、部屋《へや》を仕切《しき》るふすまを、ほんの少《すこ》し開《あ》けた。

「なあに？」

ひょこん、とのぞいてきたのは、私《わたし》とまったく同《おな》じ顔《かお》。

「わ、私《わたし》………私《わたし》も、となりのこの和室《わしつ》にしようかな……。いいですか？」

どきどきしながら視線《しせん》を合《あ》わせると、一花《いちか》ちゃんは、にっこりと笑《わら》ってくれた。

「もちろんよ。よろしくね、三風《みふ》」

「よろしくね、一花《いちか》ちゃん……！」

緊張《きんちょう》で重《おも》たかった心《こころ》が、一花《いちか》ちゃんのおかげで、ふわっと温《あたた》かくほぐれて。

気《き》がつけば、自然《しぜん》と敬語《けいご》がぬけていた。

やった、やったぁ……！　お姉《ねえ》ちゃんと、普通《ふつう》に話《はな》せたっ。

優《やさ》しくて、たのもしいお姉《ねえ》ちゃんの、となりの部屋《へや》になれた！

さみしくなったとき「お姉《ねえ》ちゃん、いる？」と話《はな》しかければ「なあに？」と、ふすまの向《む》こうから優《やさ》しい声《こえ》が返《かえ》ってくるんじゃないかな。

ねむれない夜《よる》は、小《ちい》さな声《こえ》でおしゃべりをしたり、いっしょに本《ほん》を読《よ》んだり、絵《え》を描《か》いたり。

「二人《ふたり》だけのヒミツだよ」と、こっそりお菓子《かし》を食《た》べたりするのもいいかもしれない。

一花《いちか》ちゃんとだけじゃなく、二鳥《にとり》ちゃん、四月《しづき》ちゃんとも、そういうことをしてみたいなぁ。

この先《さき》の暮《く》らしを想像《そうぞう》すると、ワクワクで、胸《むね》がおどるようだよ。

決《けっ》して、ピカピカの真新《まあたら》しい部屋《へや》じゃない。

畳《たたみ》は少《すこ》し焼《や》けてるし、壁《かべ》には小《ちい》さなヒビもあるし、音《おと》はほとんどとなりの部屋《へや》につつぬけ。

だけど、そんなこと全然気《ぜんぜんき》にならないや。

「あ、でも、よかったのかしら。二鳥《にとり》はともかく、四月《しづき》は」

「そっか……！　四月《しづき》ちゃんは……？」

部屋《へや》を出《で》て、二人《ふたり》で階段《かいだん》の下《した》をのぞくと、四月《しづき》ちゃんはまだ一階《かい》のろうかにぽつんと立《た》っていた。

「四月《しづき》ー、どの部屋《へや》がいいのー？　一階《かい》の部屋《へや》でいいのー？」

「………」

四月《しづき》ちゃんはちらりとこちらを見上《みあ》げて、一度《いちど》だけうなずいた。

一階《かい》にも、洋室《ようしつ》がひとつある。最初《さいしょ》にみんなが集《あつ》まった、あの部屋《へや》だ。

だけど……。

「四月《しづき》ちゃん、本当《ほんとう》によかったのかな……？」

気《き》になったけど、結局《けっきょく》、二階《かい》の和室《わしつ》に一花《いちか》ちゃんと私《わたし》。二階《かい》の洋室《ようしつ》に二鳥《にとり》ちゃん。

そして、一階《かい》の洋室《ようしつ》に四月《しづき》ちゃん、と決《き》まった。

「次《つぎ》は……荷物整理《にもつせいり》ね」

「うっ……わぁ………」

一階《かい》の食堂《しょくどう》と、すぐとなりの、和室《わしつ》の居間《いま》。

私《わたし》たちの前《まえ》にあるのは、大量《たいりょう》の段《だん》ボール箱《ばこ》。

これは手《て》ごわそう……。

うずたかく積《つ》まれた荷物《にもつ》を見《み》て、四人《にん》で思《おも》わずため息《いき》をもらしちゃった。

「ま、なんちゅーても、四人《にん》もおるんやし。協力《きょうりょく》すれば、あっという間《ま》ちゃう？」

二鳥《にとり》ちゃんがガッツポーズで笑《わら》う。

すると、片《かた》づけなんて面倒《めんどう》なことのはずなのに、私《わたし》もつられて、ちょっとうきうきしてきた。

4　みんな同《おな》じでみんなちがう

──二時間後《じかんご》。

「ふう……」

ようやく、荷物整理《にもつせいり》が一段落《いちだんらく》ついた。

私《わたし》は自分《じぶん》の部屋《へや》にばったり倒《たお》れて、木目《もくめ》の天井《てんじょう》を見《み》あげる。

それにしても、不思議《ふしぎ》だなぁ……。

荷物《にもつ》の量《りょう》が、姉妹《しまい》で全然《ぜんぜん》ちがったの。

一花《いちか》ちゃんは四箱《はこ》。私《わたし》・三風《みふ》も四箱《はこ》。

四月《しづき》ちゃんはたった一箱《ひとはこ》。

そして二鳥《にとり》ちゃんは、なんと十二箱《はこ》！

どうしてこんなにちがうんだろ。

まだ出会《であ》ってほんの少《すこ》しなのに、もう、それぞれのちがいが見《み》えはじめてる。

思《おも》えば、同《おな》じ遺伝子《いでんし》を持《も》つ、同《おな》じ顔《かお》の四姉妹《よんしまい》なのに、性格《せいかく》だって全然《ぜんぜん》ちがうよね。

「……みんな同《おな》じで、みんなちがう、かあ」

時間《じかん》がたつほど、姉妹《しまい》に興味《きょうみ》がわいてくるなぁ。

ほかには、どんなちがいがあるのかなっ？

むくっと起《お》きあがって、私《わたし》は一階《かい》に下《お》りた。

「あー……、お腹《なか》すいたわ」

居間《いま》をのぞくと、二鳥《にとり》ちゃんが畳《たたみ》の上《うえ》に大《だい》の字《じ》になっていた。

十二箱《はこ》も片《かた》づけたから、さすがに疲《つか》れちゃったんだね。

二鳥《にとり》ちゃんは私《わたし》に気《き》づくと、うーんとのびをして、ごろんと寝《ね》がえりを打《う》った。

「せや！　出前《でまえ》でも取《と》ろか。三風《みふ》ちゃん何《なに》がええ？　うち、天《てん》ぷら蕎麦《そば》」

「ええっ？」

私《わたし》、びっくりして声《こえ》が出《で》た。

出前《でまえ》のお蕎麦《そば》って、今《いま》まで一度《いちど》も取《と》ったことないけど、けっこう高《たか》いんじゃ……？

目《め》をパチパチさせていると、台所《だいどころ》の片《かた》づけをしていた一花《いちか》ちゃんがこっちにやってきて、あきれたようにうでを組《く》んだ。

「冗談《じょうだん》？　出前《でまえ》なんてとんでもないわ。自炊《じすい》しなくちゃ。スーパーで食材《しょくざい》を買《か》って、作《つく》るのよ」

「ええっ!?　作《つく》るん？」

その言葉《ことば》に、今度《こんど》は二鳥《にとり》ちゃんが目《め》をパチパチさせた。

四月《しづき》ちゃんにも声《こえ》をかけて、私《わたし》たち四人《にん》は家《いえ》を出《で》た。行《い》き先《さき》は、近所《きんじょ》のスーパー。

「なあなあ、作《つく》るって、何作《なにつく》んの？」

「そうね、お米《こめ》を炊《た》いてたら時間《じかん》がかかるし……きつねうどんはどう？　あと、だし巻《ま》き卵《たまご》」

「一花《いちか》ちゃん、作《つく》れるの!?」

思《おも》わずさけんじゃった。

私《わたし》が料理《りょうり》をしたのは、学校《がっこう》の調理実習《ちょうりじっしゅう》のときくらい。

包丁《ほうちょう》をあつかうのがむずかしくて、ちっとも手際《てぎわ》よくで

きなかった覚《おぼ》えがある。

「里親《さとおや》さんに習《なら》ったのよ。私《わたし》、里親《さとおや》さんのところで育《そだ》ったの」

里親《さとおや》さん……！　ってことは、施設《しせつ》じゃなくて、普通《ふつう》の家《いえ》で暮《く》らしてたんだ！

おどろく私《わたし》をよそに、二鳥《にとり》ちゃんは「へえ」と自然《しぜん》に会話《かいわ》を続《つづ》ける。

「里親《さとおや》さんのとこかあ〜。どんな感《かん》じやったん？」

「うーん……二、三人《にん》の子《こ》が、里親《さとおや》さんご夫婦《ふうふ》とひとつの家《いえ》で暮《く》らしてて、家事《かじ》は当番制《とうばんせい》で……」

「へぇ、すごいねっ」

私《わたし》、てっきり自分《じぶん》と同《おな》じように、みんなも施設《しせつ》で育《そだ》ったんだと思《おも》いこんでいた。

里親《さとおや》さんのところで育《そだ》って、家事《かじ》もこなしていたなんて。

一花《いちか》ちゃんが、ますますたのもしく思《おも》えてくるよ。

「ごはん、期待《きたい》してるわ」

二鳥《にとり》ちゃんが一花《いちか》ちゃんにうでをからませて、いひひっ、と笑《わら》った。

「簡単《かんたん》なのしか作《つく》れないわよ」

一花《いちか》ちゃんは、ちょっと照《て》れたようにほほえんでる。

「二鳥《にとり》は施設《しせつ》だったの？」

一花《いちか》ちゃんがたずねると、二鳥《にとり》ちゃんは「いいや、ちゃうよ」と、軽《かる》く首《くび》をふった。

「うちは、最初《さいしょ》は関東《かんとう》の施設《しせつ》におって、四歳《さい》のとき、大阪《おおさか》の、池谷家《いけやけ》の養子《ようし》になってん」

「養子《ようし》？」

「せやで。うち、ついこないだまで『宮美二鳥《みやびにとり》』やのうて『池谷二鳥《いけやにとり》』やってん。書類《しょるい》の上《うえ》では
お父《とう》ちゃんとお母《かあ》ちゃんのほんまの子《こ》ども、ってことになってた。今《いま》はもう、ちゃうけどな」

ほ、本当《ほんとう》の子《こ》ども、ってことになってたの!?

私《わたし》とはちがって……家族《かぞく》がいたんだ。

血《ち》はつながってないけど、いっしょに暮《く》らす「お父《とう》ちゃん」と「お母《かあ》ちゃん」が……！

私《わたし》、さっきよりももっとおどろいて、言葉《ことば》を失《うしな》った。

でも、二鳥《にとり》ちゃんはいかにも能天気《のうてんき》に、

「今回《こんかい》また関東《かんとう》にもどってきたけど、もう関西弁《かんさいべん》ようぬけへんやろなぁ。三《み》つ子《ご》の魂《たましい》ゆうやっちゃな。や、四歳《さい》やから四《よ》つ子《ご》かな。どっちやろ？　うちらも四《よ》つ子《ご》やし」

なんて冗談《じょうだん》を言《い》っている。

片《かた》づけのとき、十二箱《はこ》もあった二鳥《にとり》ちゃんの荷物《にもつ》。

あの箱《はこ》にはきっと、養子《ようし》のお家《うち》で買《か》ってもらった、服《ふく》やおもちゃやマンガが入《はい》っていたんだ。

二鳥《にとり》ちゃん、とっても大事《だいじ》にされてたんだろうな……本当《ほんとう》の娘《むすめ》みたいに。

……なのに……。

おそるおそる、聞《き》いてみた。

「せっかく、養子《ようし》になったのに……お父《とう》さんと、お母《かあ》さんがいたのに、私《わたし》たちと暮《く》らすことになっちゃって、よかったの？」

その瞬間《しゅんかん》、二鳥《にとり》ちゃんはけわしい表情《ひょうじょう》を浮《う》かべた。

くちびるは結《むす》ばれ、眉間《みけん》にはぎゅっとしわが寄《よ》っている。

あれっ？　二鳥《にとり》ちゃん、怒《おこ》ってるの……？

でも、二鳥《にとり》ちゃんはすぐ、ニマーっと冗談《じょうだん》っぽい感《かん》じにもどって、ひときわ元気《げんき》に、

「ええに決《き》まってるやん！　四《よ》つ子《ご》の四姉妹《よんしまい》やで？　絶対《ぜったい》おもろいことが起《お》こるわ。『お父《とう》ちゃんお母《かあ》ちゃん今《いま》までおおきに。これからは姉妹《しまい》と暮《く》らします』て、さっきもメール出《だ》してん！」

「本当《ほんとう》？　……実《じつ》はさみしいんじゃないの？」

一花《いちか》ちゃんは心配《しんぱい》そう。

「さみしくなんかあーりーまーせーんー」

二鳥《にとり》ちゃんは一花《いちか》ちゃんとつないでいた手《て》をブンブンふりまわした。

と思《おも》ったら、急《きゅう》にピタッと止《と》め、からかうような口調《くちょう》で言《い》った。

「一花《いちか》、あーんたこそ、さみしいんとちゃうの？　急《きゅう》に里親《さとおや》さんから離《はな》れてしもて」

「わ、私《わたし》は別《べつ》にさみしくなんてないわ」

それからちょっと言葉《ことば》を切《き》って、一花《いちか》ちゃんは、キリッと前《まえ》を向《む》いた。

「私《わたし》、あこがれてる人《ひと》がいるの。その人《ひと》もこの春《はる》から一人暮《ひとりぐ》らしを始《はじ》めて、立派《りっぱ》に自立《じりつ》したの。

だから、私《わたし》もがんばらなくちゃって思《おも》って、この計画《けいかく》に参加《さんか》を決《き》めたのよ」

一花《いちか》ちゃんのあこがれの人《ひと》って、どんな人《ひと》なんだろう？

あ、ひょっとして……。

「ええっ、あこがれの人《ひと》ってだれなん？　だれだれ？　彼氏《かれし》!?」

「うるさいわね。ちがうわ。あんたには関係《かんけい》ないでしょ」

二人《ふたり》は足《あし》を止《と》めて、おたがいに探《さぐ》るような目《め》を向《む》ける。

でも、にらむ相手《あいて》は、自分《じぶん》とおんなじ顔《かお》。

「「ふふっ」」

「ぜーんぜん迫力《はくりょく》がない」と思《おも》ったのか、「鏡《かがみ》をにらんでいるみたい」と思《おも》ったのか。

お姉《ねえ》ちゃんたちは同時《どうじ》にふきだして、また仲《なか》よく歩《ある》きはじめた。

ケンカにならなくてよかったぁ……。顔《かお》がそっくりなおかげだね。

ホッと胸《むね》をなでおろすと同時《どうじ》に、なんだか面白《おもしろ》くなって、クスッと笑《わら》っちゃった。

「せや、ほんで、三風《みふ》ちゃんは？　ここに来《く》る前《まえ》はどこでどうしてたん？」

「あ、えっと、私《わたし》はずっと施設《しせつ》で……」

「施設《しせつ》かあ。三風《みふ》ちゃんこそ、さみしかったりせえへんの？」

首《くび》をかしげる二鳥《にとり》ちゃんから、私《わたし》は目《め》をそらした。

本音《ほんね》を言《い》えば……まだ、ちょっとだけさみしいよ。

あんまり急《きゅう》に、ずっと育《そだ》ってきた町《まち》や、施設《しせつ》を離《はな》れることになって。

学校《がっこう》の友達《ともだち》や、優《やさ》しい先生《せんせい》たちとも別《わか》れちゃって。

でも……。

「私《わたし》……施設《しせつ》は好《す》きだったよ。けど、一人《ひとり》だとさみしくて、なんていうか不安《ふあん》で……だけど、自《じ》分《ぶん》に血《ち》のつながった姉妹《しまい》が――家族《かぞく》がいるなんて知《し》ったらもう、本当《ほんとう》にうれしくて……！」

三人《にん》に出会《であ》ったときのことを思《おも》いだしたら、胸《むね》が弾《はじ》けそうなくらい、ぎゅうっとなった。

あのとき感《かん》じた喜《よろこ》びが、胸《むね》の中《なか》から体《からだ》じゅうに、ぶわっとあふれだしていくみたい。

「だから今《いま》、すっごく幸《しあわ》せなの！」

私《わたし》は顔《かお》いっぱいで笑《わら》って、一花《いちか》ちゃんの手《て》をきゅっとにぎった。

「すっごく幸《しあわ》せ、ね」

「せやな、うちも！」

二人《ふたり》も笑《わら》いかえしてくれた。

ああっ、家族《かぞく》がいるって、本当《ほんとう》に幸《しあわ》せだなぁ。

「ねえ、四月《しづき》は？　今《いま》まで、施設《しせつ》だったの？」

一花《いちか》ちゃんがふりかえり、一メートルほど後《うし》ろを歩《ある》いている四月《しづき》ちゃんにたずねた。

四月《しづき》ちゃんは、手《て》をつなぎあう私《わたし》たちを、なんだかさみしそうな瞳《ひとみ》でしばらく見《み》つめて、

「…………。……僕《ぼく》もずっと施設《しせつ》です」

風《かぜ》にさらわれそうなほど小《ちい》さな声《こえ》で、つぶやいた。

そこから先《さき》は、沈黙《ちんもく》。

「わ……私《わたし》と同《おな》じだねっ」

取《と》りなすようにそう言《い》ってみたけど、返事《へんじ》はなくて。

まだ冷《つめ》たい春《はる》の風《かぜ》が、私《わたし》たち四人《にん》の間《あいだ》をヒュウッと吹《ふ》きぬけていく。

四月《しづき》ちゃん、やっぱりまだ緊張《きんちょう》してるのかな……？

会話《かいわ》がとぎれたところで、

「さて、とうちゃーく」

大型《おおがた》スーパーに着《つ》いた。

自動《じどう》ドアが開《ひら》き、お店《みせ》の中《なか》から陽気《ようき》なＢＧＭがもれてくる。

「ムダづかいはダメよ？　使《つか》えるお金《かね》は、毎月決《まいつきき》まってるんだから」

一花《いちか》ちゃんが生活費《せいかつひ》の入《はい》った長財布《ながざいふ》をカバンからちらりと出《だ》してみせると、

「わかってるってー」

二鳥《にとり》ちゃんはピースサインを作《つく》って、真《ま》っ先《さき》にお菓子売《かしう》り場《ば》へかけていく。

「もう……」

一花《いちか》ちゃんは買《か》い物《もの》に慣《な》れた様子《ようす》で、当《あ》たり前《まえ》みたいに買《か》い物《もの》カゴを持《も》った。

カゴ！　そっか、買《か》い物《もの》するときは、カゴを持《も》たなきゃ。

私《わたし》もマネしてカゴを持《も》ってみた。それだけで、なんだか大人《おとな》になった気分《きぶん》。

四月《しづき》ちゃんはスーパーにとまどっているのか、ひかえめにきょろきょろしてる。

ふふふ、スーパーがこんなに楽《たの》しい場所《ばしょ》だなんて知《し》らなかったな。

さあ、買《か》い物開始《ものかいし》だ！


「う……卵《たまご》のカラが入《はい》ってたわ」

「ごめんごめん」

「……ネギがつながってる」

「ごめんなさーい……」

買《か》い物《もの》のあと、私《わたし》たちは家《いえ》に帰《かえ》って、四人《にん》でお昼《ひる》ごはんを作《つく》った。

きつねうどんも、だし巻《ま》き卵《たまご》も、味《あじ》はすっごくおいしかった。

だけど……案《あん》の定《じょう》、味《あじ》つけ担当《たんとう》の一花《いちか》ちゃん以外《いがい》は失敗《しっぱい》だらけ。

けど、みんなでいっしょに食《た》べると、そんなの全然気《ぜんぜんき》にならないや。

四人《にん》のどんぶりが空《から》になり、一息《ひといき》ついたころ、

「じゃじゃーん！」

突然《とつぜん》、二鳥《にとり》ちゃんが、四つの小《ちい》さな紙《かみ》のつつみを取《と》りだした。

きれいな包装紙《ほうそうし》と細《ほそ》いリボンで、それぞれかわいらしくラッピングされている。

「「何《なに》これ!?」」

一花《いちか》ちゃんと私《わたし》は同時《どうじ》に声《こえ》を上《あ》げた。

一花《いちか》ちゃんはぎょっとした感《かん》じの声《こえ》。

私《わたし》はもちろん、わくわくした声《こえ》。

四月《しづき》ちゃんも、ほんの少《すこ》し目《め》を見開《みひら》いたみたい。

「開《あ》けてみてや！」

渡《わた》されたつつみをそっと開《あ》けると……出《で》てきたのは、水色《みずいろ》の髪飾《かみかざ》り。

一花《いちか》ちゃんのは、ピンクの髪飾《かみかざ》り。

二鳥《にとり》ちゃんのは、赤《あか》い髪飾《かみかざ》り。

四月《しづき》ちゃんのは、紫色《むらさきいろ》の髪飾《かみかざ》り。

「みんなおそろい！　すごい。すっごくかわいい！」

思《おも》いがけないプレゼントに、私《わたし》は大喜《おおよろこ》びではしゃいだ。

「こっそりスーパーで買《か》ったのね？　もういつの間《ま》に……いくらしたの？」

一花《いちか》ちゃんは困《こま》り顔《がお》で、やつぎばやに聞《き》くけど、

「ええやん。うちの元々《もともと》持ってたおこづかいから出《だ》したし」

「そういう問題《もんだい》じゃないの〜！　正《ただ》しい金銭感覚《きんせんかんかく》を身《み》につけることも自立《じりつ》には必要《ひつよう》なのよ？」

「ムダづかいや〜って言《い》うんやろ？　これは全然《ぜんぜん》、ムダづかいとちゃうよ」

二鳥《にとり》ちゃんはヒラリとかわす。

そして、ふと目《め》をふせて、ほほえんだ。

「うち、姉妹《しまい》ができて、ほんまにうれしかってんもん。やから……これはその気持《きも》ちや！」

水色《みずいろ》は、私《わたし》の一番好《いちばんす》きな色《いろ》。

自己紹介《じこしょうかい》で言《い》ったこと、覚《おぼ》えていてくれたんだ……。

私《わたし》の好《す》きな色《いろ》だけじゃない。

一花《いちか》ちゃんの好《す》きな色《いろ》だって、二鳥《にとり》ちゃんはしっかり覚《おぼ》えてた。

四月《しづき》ちゃんだけは、自己紹介《じこしょうかい》のとき、好《す》きな色《いろ》を言《い》っていない。

でも、二鳥《にとり》ちゃんの選《えら》んだ紫色《むらさきいろ》の髪飾《かみかざ》りは、ひかえめな性格《せいかく》の四月《しづき》ちゃんにぴったりだ。

それぞれちがう色《いろ》をした、私《わたし》たち四人《にん》の、おそろいの髪飾《かみかざ》り……！

これって、きっと、家族《かぞく》になれた喜《よろこ》びのつまった、姉妹《しまい》の証《あかし》みたいなものだよね。

胸《むね》の奥《おく》から、きゅーんとうれしさがこみあげてくる。

「ありがとう二鳥《にとり》ちゃん。私《わたし》もうれしい。本当《ほんとう》にうれしいっ！」

私《わたし》、二鳥《にとり》ちゃんの背中《せなか》にぎゅっとだきついた。

すると、一花《いちか》ちゃんも怒《おこ》るのをやめて、

「私《わたし》だって……。……私《わたし》だって、うれしいわ」

髪飾《かみかざ》りを、大切《たいせつ》そうに両手《りょうて》でにぎって、ふっと表情《ひょうじょう》をゆるめてくれた。

5　一人《ひとり》じゃない入学式《にゅうがくしき》

いよいよ、いよいよいよだ。いよいよ……うふふっ！

私《わたし》、今日《きょう》は目《め》が覚《さ》めたときから、ずっとわくわくしてる。

だって今日《きょう》は、待《ま》ちに待《ま》った中学校《ちゅうがっこう》の入学式《にゅうがくしき》なんだもん！

「四月《しづき》、たまご焼《や》き、もう一切《ひとき》れ食《た》べなさい。式《しき》の最中《さいちゅう》に具合《ぐあい》が悪《わる》くなったら大変《たいへん》よ」

「せやせや。朝《あさ》ごはんはしっかり食《た》べなあかんで。三風《みふ》ちゃん、おかわり！」

一花《いちか》ちゃんも二鳥《にとり》ちゃんも、入学式《にゅうがくしき》が楽《たの》しみなのかな。

こうして朝《あさ》ごはんを食《た》べてても、なんとなくそわそわしてるみたい。

四月《しづき》ちゃんはねむそうだけど、それは昨夜《ゆうべ》、緊張《きんちょう》してあまりねむれなかったせいかもね。

私《わたし》だって緊張《きんちょう》してる。でも、その百倍《ばい》、ううん、百万倍《まんばい》、楽《たの》しみだよ！

「「「「ごちそうさまでした」」」」

朝《あさ》ごはんを食《た》べおわったあと、私《わたし》たち四人《にん》は、まっさらな制服《せいふく》に着替《きが》えた。

上品《じょうひん》なブルーグレイの生地《きじ》に、白《しろ》いラインの入《はい》ったセーラー服《ふく》。

「うわぁ～……っ！　かわいい！」

前《まえ》、横《よこ》、後《うし》ろ。大《おお》きな鏡《かがみ》で、いろんな角度《かくど》から自分《じぶん》の立《た》ち姿《すがた》を見《み》てみる。

おしゃれだし、大人《おとな》っぽい。まるで自分《じぶん》じゃないみたい。

「今日《きょう》から中学生《ちゅうがくせい》だ～！」

くるくるくるっ、と回《まわ》ると、スカートがひらひらっ、とバレリーナみたいに広《ひろ》がった。

何《なに》もかもがうれしくて、

「うふふふふふふっ」

こらえようと思《おも》っても、顔《かお》がどうしてもゆるんで、笑《わら》いがもれちゃうよ。

「三風《みふ》ったら」

「あはは、なんでそんなテンション高《たか》いん？」

お姉《ねえ》ちゃんたちに笑《わら》われちゃった。

でも、私《わたし》は恥《は》ずかしがったりしないで、いきおいよくパッとふりかえる。

「だって仕方《しかた》ないよ！　今日《きょう》は入学式《にゅうがくしき》なんだもん。一花《いちか》ちゃん二鳥《にとり》ちゃん四月《しづき》ちゃん！　みーんないっしょのっ！」

そう。

私《わたし》にとっては、人生《じんせい》で初《はじ》めての「家族《かぞく》といっしょの入学式《にゅうがくしき》」なの！

私《わたし》、幼稚園《ようちえん》や小学校《しょうがっこう》のころは、入学式《にゅうがくしき》だけじゃなくて、授業参観《じゅぎょうさんかん》も運動会《うんどうかい》も文化祭《ぶんかさい》も……。

家族《かぞく》が見《み》にくる行事《ぎょうじ》のときは、いつもさみしかったんだ。

授業参観《じゅぎょうさんかん》で、手《て》を挙《あ》げて発表《はっぴょう》する姿《すがた》を、優《やさ》しく見守《みまも》ってくれるお母《かあ》さん。

運動会《うんどうかい》で、声《こえ》がかれるまで応援《おうえん》してくれるお父《とう》さん。

文化祭《ぶんかさい》で、目《め》をうるませながら劇《げき》に拍手《はくしゅ》を送《おく》ってくれる、おじいちゃんやおばあちゃん。

当《あ》たり前《まえ》のように家族《かぞく》の愛情《あいじょう》につつまれている子《こ》たちが、本当《ほんとう》にうらやましかったの。

だけど、今日《きょう》は私《わたし》も、家族《かぞく》といっしょっ！

うれしくて、白《しろ》いハイソックスをはいた足《あし》で、どこでもぴょんぴょんはねちゃいそう。

学校《がっこう》じゅうの人《ひと》に「見《み》て！　私《わたし》には家族《かぞく》がいるんだよ！」って、見《み》せびらかしたいくらいだよ。

……ま、でも、はしゃぎすぎはダメだよね。

なんてったって、もう中学生《ちゅうがくせい》なんだし！

忘《わす》れ物《もの》はないか、確認《かくにん》でもしようかな。

「ねえ一花《いちか》ちゃん、カバンってどこ――」

「うちは二鳥《にとり》や」

「一花《いちか》は私《わたし》よ」

「あっ、ごめん……」

四人《にん》とも同《おな》じ制服《せいふく》で、同《おな》じ顔《かお》。

姉妹《しまい》なのに、ついまちがえちゃった。

「いいのよ。だけど、これじゃ本当《ほんとう》にだれがだれだかわかんないわ」

一花《いちか》ちゃんが「どうしましょ」と言《い》いたげに、ほおに手《て》を当《あ》て、考《かん》えこんだ。

姉妹《しまい》にすら区別《くべつ》がつかないなら、中学《ちゅうがく》で出会《であ》う人《ひと》はきっと全員《ぜんいん》、私《わたし》たちを見分《みわ》けられないよね。

もしかして、ちょっと不便《ふべん》……？

そう思《おも》ったとき、となりから「ふっふっふ……」と芝居《しばい》がかった声《こえ》がかかった。

「こんなときにこそ、これや」

二鳥《にとり》ちゃんがじまんげに取《と》りだしたのは、赤《あか》い髪飾《かみかざ》り。

スーパーに行《い》ったとき、四人《にん》おそろいで買《か》ってくれた、あの髪飾《かみかざ》りだ。

「そうね。色《いろ》がちがうし、ちょうどいいわ」

うなずいた一花《いちか》ちゃんは、ピンクの髪飾《かみかざ》りでポニーテールを結《ゆ》った。
なんだか、お姉《ねえ》さんらしさがぐっと増《ま》したみたい。
「な？　全然《ぜんぜん》ムダちゃうかったやろ？」
二鳥《にとり》ちゃんは赤《あか》い髪飾《かみかざ》りでササッと髪《かみ》をまとめあげ、ツインテールに。
明《あか》るく元気《げんき》な二鳥《にとり》ちゃんらしさが、見《み》た目《め》にも表《あらわ》れた。
「一花《いちか》ちゃんも、二鳥《にとり》ちゃんも、とっても似合《にあ》ってるね！」
同《おな》じ顔《かお》の姉妹《しまい》だけど、よくよく見《み》ると、それぞれにちがう魅力《みりょく》があるんだよ。
一花《いちか》ちゃんは、私《わたし》より三センチも背《せ》が高《たか》くて、体《からだ》つきも、なんだか大人《おとな》っぽい。
すらっとした長《なが》い手足《てあし》は、スポーツ選手《せんしゅ》みたいに引《ひ》きしまってる。
目《め》は、意志《いし》が強《つよ》そうにキリッとしてるから、見《み》つめられれば怖《こわ》くなっちゃうかも。
でも、声《こえ》は春風《はるかぜ》みたいに優《やさ》しくて、つい甘《あま》えたくなっちゃうんだ。
二鳥《にとり》ちゃんは、身長《しんちょう》や体重《たいじゅう》は私《わたし》と同《おな》じくらいだけど、私《わたし》とは全然《ぜんぜん》ちがう。
きれいにみがかれた爪《つめ》。さらさらの髪《かみ》。肌《はだ》もくちびるも、つやつやしてて。
服《ふく》も持《も》ち物《もの》もおしゃれで、かといって気取《きど》ったようなところもなくて……。
たとえるなら、雑誌《ざっし》の読者《どくしゃ》モデルのようなオーラを持《も》っている、って感《かん》じかな。

「三風《みふ》ちゃんは三《み》やから、三《み》つ編《あ》みとかどうやろ？」

「あっ、うん、いいかも」

私《わたし》は二鳥《にとり》ちゃんに言《い》われるまま、三《み》つ編《あ》みにしてみたんだけど……、

「あっはっは、三風《みふ》ちゃんの三《み》つ編《あ》み、ロープみたい！」

鏡《かがみ》の中《なか》に現《あらわ》れたのは、きっちり固《かた》く編《あ》まれた三《み》つ編《あ》みを左右《さゆう》に垂《た》らした、地味《じみ》〜な女《おんな》の子《こ》。

「えぇー、ひどーい。お姉《ねえ》ちゃんが三《み》つ編《あ》みって言《い》ったんじゃない……」

むくれてプイッと顔《かお》をそむけてみたけど、どうしてもにやけちゃう。

だって「お姉《ねえ》ちゃん」という言葉《ことば》を口《くち》にしたら、ちょっぴりうれしくなったんだもん。

「あっはは、ごめんごめん。ちょっと貸《か》してみ」

二鳥《にとり》ちゃんは、私《わたし》の三《み》つ編《あ》みをほどくと、くしで髪《かみ》をといて、三《み》つ編《あ》みを作《つく》りなおした。

毛束《けたば》を細《ほそ》く引《ひ》きだして、バランスよくほぐしたあと、仕上《しあ》げにスプレーをしゅっとひと吹《ふ》き。

「へえ、やるじゃない」

一花《いちか》ちゃんが目《め》をしばたいた。それもそのはず。

私《わたし》の三《み》つ編《あ》みは、ところどころくしゅっとゆるみができていて、こなれた、とってもおしゃれな雰囲気《ふんいき》にしあがっていたの。

さっきの三《み》つ編《あ》みとは全然《ぜんぜん》ちがう。このおしゃれな制服《せいふく》にも、ばっちり似合《にあ》ってる！

「すごい……！　二鳥《にとり》ちゃんすごいね。ありがとう！」

「せやろせやろ。イブちゃんみたいやろ？　うまいことできたわ。うち天才《てんさい》やな！」

イブちゃんというのは、アイドルグループ・スワロウテイルの、熱海《あたみ》イブちゃんのこと。

二鳥《にとり》ちゃんはスワロウテイルのファンらしくて、ふだんからよく歌《うた》を口《くち》ずさんでるんだ。

「えへへ、イブちゃんみたいかぁ……そう言《い》われると、そうかもっ」

私《わたし》たちは鏡《かがみ》の前《まえ》で、キャッキャとはしゃいだ。

中学生《ちゅうがくせい》になって、着《き》る服《ふく》も、髪型《かみがた》も変《か》わった。

どんどん別《べつ》の自分《じぶん》に変身《へんしん》していくみたいで、うきうきするよ。

「さ、次《つぎ》はシヅちゃんの番《ばん》」

二鳥《にとり》ちゃんに呼《よ》ばれて、四月《しづき》ちゃんはビクッと肩《かた》をふるわせた。

四月《しづき》ちゃんは、思《おも》わずうっとり見《み》とれてしまいそうなほど色《いろ》が白《しろ》い。

体《からだ》も、私《わたし》やお姉《ねえ》ちゃんたちより、一回《ひとまわ》り小《ちい》さいの。

ちょっぴり悲《かな》しそうにも見《み》える目《め》は、いつも半分《はんぶん》ほどしか開《ひら》いていないんだけど……。

そのおかげで、長《なが》いまつ毛《げ》や、黒々《くろぐろ》とした瞳《ひとみ》が、かえって際立《きわだ》っている気《き》もするんだよね。

人《ひと》のいない大《おお》きなお屋敷《やしき》にねむる、お人形《にんぎょう》のような女《おんな》の子《こ》。

それが私《わたし》たちの妹《いもうと》、四月《しづき》ちゃんだ。

「どないする？　好《す》きな髪型《かみがた》があったら言《い》うてな。なんでもやったげるわ」

二鳥《にとり》ちゃんは紫色《むらさきいろ》の髪飾《かみかざ》りを差《さ》しだし、笑《わら》いかけた。

だけど、四月《しづき》ちゃんはうつむいて、だまりこんじゃって、

「………いいです」

と、蚊《か》の鳴《な》くような声《こえ》で断《ことわ》ってしまった。

「え？　なんで？　シヅちゃんて、紫色《むらさきいろ》のタオルとか、筆箱《ふでばこ》とか持《も》ってるやろ？　せやから、好《す》きな色《いろ》なんかなーって思《おも》って、紫《むらさき》にしてんけど……ひょっとして気《き》にいらんかった？」

「……あの…………」

顔《かお》をのぞきこんだ二鳥《にとり》ちゃんに、何《なに》かを言《い》いかけた四月《しづき》ちゃんだったけど、

「……僕《ぼく》はいいです」

こんどは、さっきよりも、ほんの少《すこ》しはっきりと断《ことわ》った。

メガネの奥《おく》のさみしげな目《め》は、何《なに》も語《かた》ってはくれない。

四月《しづき》ちゃん、どうして断《ことわ》るんだろう……。

おそろいが、恥《は》ずかしい、のかな……？

何《なん》と声《こえ》をかけたらいいかわからなくて、私《わたし》は三《み》つ編《あ》みの毛先《けさき》をいじる。

「……ま、一応《いちおう》これで見分《みわ》けはつくし、つけとうなかったら別《べつ》にええんやけど」

「ああっ、もうこんな時間《じかん》！　カバン持《も》って。忘《わす》れ物《もの》ない？　急《いそ》がなきゃ」

気《き》まずい空気《くうき》が一瞬《いっしゅん》だけ流《なが》れたけど、お姉《ねえ》ちゃんたちの声《こえ》にせかされて、結局《けっきょく》、そのまま家《いえ》を出《で》ることになった。

外《そと》は、入学式《にゅうがくしき》にふさわしい、いい天気《てんき》だ。

軽《かろ》やかな風《かぜ》が吹《ふ》き、青《あお》い空《そら》には、ベールのような白《しろ》い雲《くも》がかかっている。
四月《しづき》ちゃん、髪飾《かみかざ》りつけた方《ほう》が、絶対《ぜったい》かわいいのになぁ……。
私《わたし》は空《そら》をぼんやり見上《みあ》げながら、なんだかもったいない気分《きぶん》になった。
でも、なかなか周《まわ》りになじめない子《こ》って、いるよね。
仲《なか》よくなれるまで、もう少《すこ》し、待《ま》ってみよっ。
カバンの持《も》ち手《て》をきゅっとにぎって、私《わたし》は小《ちい》さく決意《けつい》した。

私《わたし》たちの通《かよ》うあやめ中学校《ちゅうがっこう》は、家《いえ》から歩《ある》いて十五分《ふん》の場所《ばしょ》にある。
クラスは、ひと学年《がくねん》六クラス。
三学年合《がくねんあ》わせて、六百人以上《にんいじょう》もの生徒《せいと》が通《かよ》ってるの。
中学校《ちゅうがっこう》の敷地《しきち》にくっつくようにして建《た》っているのは、あやめ小学校《しょうがっこう》と、あやめ高校《こうこう》。
だから、小中高《しょうちゅうこう》と合《あ》わせた学校全体《がっこうぜんたい》の規模《きぼ》は、かなりのものなんだよね。
「ひええ、すごい人《ひと》……！」

特《とく》に今日《きょう》は入学式《にゅうがくしき》で保護者《ほごしゃ》も来《き》ているせいか、昇降口《しょうこうぐち》の周《まわ》りはごったがえしている。

私《わたし》たちは目《め》を白黒《しろくろ》させながら、クラス分《わ》けがのっている掲示板《けいじばん》の前《まえ》で、名前《なまえ》を探《さが》した。

「宮美《みやび》……宮美《みやび》……あっ、あった！」

一花《いちか》ちゃんは一組《くみ》。二鳥《にとり》ちゃんは二組《くみ》。私《わたし》・三風《みふ》は三組《くみ》。四月《しづき》ちゃんは四組《くみ》。

「みんなバラバラねー」一花《いちか》ちゃんが残念《ざんねん》そうにそうもらし、

「まあ、しゃーないわ」二鳥《にとり》ちゃんは頭《あたま》の後《うし》ろで手《て》を組《く》んだ。

「そうだよね……四人《にん》とも同《おな》じクラスだったら、大変《たいへん》なことになるもんね」

言《い》いながら、私《わたし》はちょっと想像《そうぞう》してみる。

たとえば授業中《じゅぎょうちゅう》、

「次《つぎ》の問題《もんだい》を……宮美《みやび》さん」

と、先生《せんせい》が指名《しめい》する。

「「「「はい」」」」

私《わたし》たち四人《にん》が、同時《どうじ》に返事《へんじ》をして立《た》ちあがる。

するとすぐさま、クラスメイトが笑《わら》いをこらえながら声《こえ》をあげるの。

「先生《せんせい》、このクラスは宮美《みやび》さんが四人《にん》います」

「名前《なまえ》まで言《い》ってくださーい」

先生《せんせい》は「そうか……ええっと」と、名簿《めいぼ》と四人《にん》を見《み》くらべる。

でも、四人《にん》ともまったく同《おな》じ顔《かお》だ。

先生《せんせい》にも、だれがだれだかわからない。

ふふふっ、おっもしろい！

「三風《みふ》ったら、何笑《なにわら》ってるの？」

「うちら、こっちやから。ほなら、また〜」

「えっ、あっ、お姉《ねえ》ちゃん……！」

ハッとふりかえって見《み》えたのは、一花《いちか》ちゃんと二鳥《にとり》ちゃんが三階《かい》に消《き》えていく後《うし》ろ姿《すがた》。

私《わたし》のクラスは、二人《ふたり》とちがって二階《かい》だ。

四月《しづき》ちゃんのクラスも二階《かい》だけど……あれっ、いつの間《ま》にかもういないや。

「あぁあ……やっぱり一人《ひとり》かあ……」

入学式《にゅうがくしき》が始《はじ》まるまで、しばらくは自分《じぶん》のクラスで過《す》ごすんだけど……。

全然知《ぜんぜんし》らない通学区域《つうがくくいき》の学校《がっこう》で、顔見知《かおみし》りは姉妹以外《しまいいがい》に一人《ひとり》もいない。

私《わたし》……友達作《ともだちつく》るの、あんまり得意《とくい》じゃないんだよね。

でも、ひとりぼっちでも平気《へいき》だというほどの、余裕《よゆう》も度胸《どきょう》もないし。

「…………………」

プリントを読《よ》むふりをしたり、筆箱《ふでばこ》の中身《なかみ》を整理《せいり》するふりをしたり。

カバンにつけている、ペンギンのマスコットをいじったり。

そわそわ、心細《こころぼそ》い気持《きも》ちで、教室《きょうしつ》の一番後《いちばんうし》ろの席《せき》にちぢこまっていると、

「あれっ？」

突然《とつぜん》の大《おお》きな声《こえ》。

びっくりして、電流《でんりゅう》が走《はし》ったように、ぴーん！　と背《せ》すじをのばす。

おそるおそる声《こえ》がした方《ほう》を向《む》くと……。

こちらをじーっと見《み》つめて口《くち》を開《ひら》いている、一人《ひとり》の男《おとこ》の子《こ》と目《め》が合《あ》った。

「ねえ、さっきろうかでスワロウテイルの曲《きょく》歌《うた》ってたよね。いつの間《ま》に移動《いどう》したの？　あれ？

そういえば、髪型《かみがた》変《か》わった？」

明《あか》るい口調《くちょう》でしゃべりながら、男《おとこ》の子《こ》はどんどん近《ちか》づいてくる。

「たしかに三階《かい》にいたのに……」

不思議《ふしぎ》そうに首《くび》をひねる彼《かれ》の目《め》、好奇心《こうきしん》で輝《かがや》いてるみたい。

「あっ……あの、そのっ……その子《こ》、私《わたし》のお姉《ねえ》ちゃんだと思《おも》う」

私《わたし》、つっかえながらそう答《こた》えた。

スワロウテイルの曲《きょく》といえば、二鳥《にとり》ちゃんにちがいないもんね。

「お姉《ねえ》ちゃん？　ああそっか、双子《ふたご》なんだね！」

「あ、あの」

「あっ、ごめんごめん、俺《おれ》、湊《みなと》。野町湊《のまちみなと》。席《せき》はちょうどとなりだよ。よろしくね！」

ピンピンはねた、長《なが》めの髪《かみ》。頭《あたま》のよさそうな、ぱっちりした目《め》。

へんにかっこつけたりせず、制服《せいふく》を校則通《こうそくどお》り着《き》こなしている姿《すがた》が、優《やさ》しそうでいい感《かん》じだ。

それに、パアッとまぶしい、太陽《たいよう》のようなこの笑顔《えがお》。

私《わたし》は、思《おも》わず差《さ》しだされた手《て》を――、

「っ！」

にぎっちゃった！

胸《むね》が大《おお》きくはねるのと同時《どうじ》に、体《からだ》もはねあがった。

「わ、私《わたし》、宮美三風《みやびみふ》です！　よろしくね！」

反射的《はんしゃてき》にイスから立《た》ちあがったら、ガタタン！　と大《おお》きな音《おと》が鳴《な》っちゃった。

すぐに手《て》を離《はな》したけれど、湊《みなと》くんの手《て》のひらの感触《かんしょく》は残《のこ》ってる。

骨《ほね》ばった手《て》が、男《おとこ》の子《こ》って感《かん》じで……うぅ、緊張《きんちょう》するなぁ。

「へえ、三風《みふ》ちゃんっていうんだ。かわいい名前《なまえ》だね。双子《ふたご》だなんてすごいなぁ。ほんとにそっくりだったよ」

かわいい名前《なまえ》、なんて言《い》われて、じわりとほおが熱《あつ》くなる。

胸《むね》に甘《あま》いお菓子《かし》でもつまらせたような気分《きぶん》になって、
双子《ふたご》じゃなくて、四《よ》つ子《ご》なんだけど……。

って、訂正《ていせい》したいのに、言葉《ことば》がなかなか出《で》てこないよ。

「あ、そうだ！　俺《おれ》、写真《しゃしん》とるのが趣味《しゅみ》なんだけど、今度《こんど》一枚《まい》とらせてくれない？　双子《ふたご》の姉妹《しまい》をモデルにしたら、きっと面白《おもしろ》い写真《しゃしん》がとれると思《おも》うんだよね」

「や、あの……えっと……」

私《わたし》、そこでやっと口《くち》を開《ひら》くことができた。

「実《じつ》は、双子《ふたご》じゃなくて……」

「あれえ？　あなた、さっき一組《くみ》にいなかった？　ピンクの髪飾《かみかざ》りつけてたよね？」

割《わ》りこむように、背《せ》の高《たか》い女《おんな》の子《こ》が話《はな》しかけてきた。

「あれ？　さっきトイレにいたよね？　メガネかけてた子《こ》じゃん？」

「三《み》つ編《あ》みにしたんだ。かわい〜！」

スカートを短《みじか》く折《お》った、派手《はで》な女《おんな》の子《こ》たちも加《くわ》わってきた。

「え？　え？　どういうこと？」

湊《みなと》くん、目《め》をパチパチしてる。

すると、何《なん》のさわぎかと、ほかのクラスメイトも次々《つぎつぎ》に集《あつ》まりだして——。

「なになにー!?」お調子者《ちょうしもの》の男《おとこ》の子《こ》が声《こえ》を張《は》りあげると、

「この子《こ》双子《ふたご》らしいぞ」体育会系《たいいくかいけい》っぽい男《おとこ》の子《こ》が答《こた》えて、

「でもねでもね、なんかちがうっぽいんよー」派手《はで》な女《おんな》の子《こ》が呼《よ》びかけたら、

「あっ、僕《ぼく》、たしかに見《み》たよ、同《おな》じ顔《かお》の子《こ》。ポニーテールの！」

「私《わたし》も見《み》た！　二組《くみ》の教室《きょうしつ》で、ツインテールだったでしょ」

「ええっ、四組《くみ》にもいたわよ？　大人《おとな》しそうなメガネの子《こ》よ」

あっという間《ま》に、周《まわ》りはガヤガヤ、にぎやかになっちゃった。

「ねえねえ」「どういうこと？」「双子《ふたご》なの？」「何人《なんにん》いるの？」——

私《わたし》はだんだん、教室《きょうしつ》のすみっこへと追《お》いつめられていく。

一人《ひとり》ひとりに説明《せつめい》していたら、らちがあかないよ。

あーもう……！　ええい、どうにでもなっちゃえ！

目《め》を閉《と》じて、思《おも》いっきり声《こえ》を張《は》った。

「わ、私《わたし》っ、四《よ》つ子《ご》なんですーっ！」

「ええええええーーーーーーっ!?」

どよめきがまわりじゅうに、ううん、クラスじゅうに広《ひろ》がった。

ひゃあぁ……心臓《しんぞう》ごとひっくりかえりそうだよ〜！

おそるおそる薄目《うすめ》で様子《ようす》をうかがうと、クラスみんながあっけにとられた顔《かお》で固《かた》まってる。

それを見《み》たら……ふふっ、なんだか急《きゅう》におかしくなっちゃった。

うふふふっ！　四《よ》つ子《ご》の四姉妹《よんしまい》って、やっぱりステキ！


体育館《たいいくかん》で、入学式《にゅうがくしき》が始《はじ》まった。

制服《せいふく》に身《み》をつつんだ生徒《せいと》たちが、次々《つぎつぎ》に入場《にゅうじょう》していく。

今《いま》までと同《おな》じように、保護者《ほごしゃ》の席《せき》に、私《わたし》の家族《かぞく》はいない。

だけど、新入生《しんにゅうせい》の席《せき》には、お姉《ねえ》ちゃんが二人《ふたり》、妹《いもうと》が一人《ひとり》。

家族《かぞく》がいるの！

小学校《しょうがっこう》の入学式《にゅうがくしき》は……さみしくて、私《わたし》、泣《な》いちゃったっけ。

周《まわ》りのみんなの口《くち》から「お母《かあ》さん」「お父《とう》さん」「きょうだい」「家族《かぞく》」という言葉《ことば》が出《で》るたびに「いいなあ。うらやましいなあ」って感《かん》じてたんだよね。

ずっとずっと……私《わたし》、家族《かぞく》がほしかったんだ……！

思《おも》いだして、上《うえ》を向《む》いたら、目頭《めがしら》が熱《あつ》くなった。

卒業式《そつぎょうしき》ならともかく、入学式《にゅうがくしき》で泣《な》きそうになるなんて、ちょっぴり変《へん》な気持《きも》ち。
落《お》ちつこうと、制服《せいふく》ごしに、お母《かあ》さんの残《のこ》したハートのペンダントをにぎってみる。
私《わたし》、中学生《ちゅうがくせい》になったの。それに……もう一人《ひとり》じゃないんだよ、お母《かあ》さん。

あっという間《ま》に入学式《にゅうがくしき》が終《お》わった。
ホームルームのあとは、すぐに下校《げこう》だ。
私《わたし》は、さようならのあいさつが終《お》わったとたん、校庭《こうてい》にかけだした。
制服《せいふく》のスカートが足《あし》の間《あいだ》でバタついたけど、そんなの全然気《ぜんぜんき》にならない。
だって、向《む》かう先《さき》には、私《わたし》を待《ま》ってくれている人《ひと》が、三人《にん》もいるんだもん。
いっしょに帰《かえ》ろうって、校門《こうもん》の桜《さくら》の木《き》の下《した》で待《ま》ちあわせしてるんだ。
かけ足《あし》に、スキップが交《ま》ざりそうだよ。
「お姉《ねえ》ちゃん！　四月《しづき》ちゃん！」
手《て》をふり、さけんだ瞬間《しゅんかん》。
「あれ？」姉妹《しまい》の近《ちか》くにいる大《おお》きな人影《ひとかげ》に気《き》づいて、私《わたし》は立《た》ちどまった。
あれは――。

「富士山《ふじやま》さん……!?」

私《わたし》たちが初《はじ》めて出会《であ》ったときにいた、あの熊《くま》みたいに大《おお》きい男《おとこ》の人《ひと》だ。

ゆっくりふりむいた彼《かれ》は、お孫《まご》さんでもだいたような、満面《まんめん》の笑《え》みを浮《う》かべている。

「やあ三風《みふ》くん！　入学《にゅうがく》おめでとう!!　僕《ぼく》はすごくうれしいよ!!」

うわわっ、そんなにさけばなくても聞《き》こえるのに〜！

周《まわ》りの人《ひと》も大声《おおごえ》にびっくりしたのか、こちらを何度《なんど》もふりかえって見《み》ている。

「あの子《こ》たち双子《ふたご》？」「三《み》つ子《ご》か？」「四人《にん》いるよ」「えっ、じゃあ四《よ》つ子《ご》!?」——

「えぇーっ」「すごーい！」「四《よ》つ子《ご》だって」「あのおっきい人《ひと》、お父《とう》さんかなぁ？」——

あぁまずい……！　目立《めだ》っちゃった！

私《わたし》は視線《しせん》を体《からだ》じゅうに浴《あ》びながら、こそこそと、姉妹《しまい》のとなりまで歩《あゆ》みよった。

「あーもうっ、おっちゃん、なんでここにおるんよ」

「そうですよ、もう来《こ》ないって言《い》ってたじゃないですか」

「だって入学式《にゅうがくしき》だからさ！」

「答《こた》えになってませんよっ」

二鳥《にとり》ちゃんと一花《いちか》ちゃん、目《め》をつりあげてる。

お姉《ねえ》ちゃんたちは、富士山《ふじやま》さんのことがあまり好《す》きじゃないみたいなんだよね。

――「国《くに》のえらい人《ひと》、だなんて、うさんくさい」

――「あのノリ、ついていけへんわ」

そんなふうに話《はな》しているのを、聞《き》いたことがあるの。

私《わたし》は富士山《ふじやま》さんのこと、きらいじゃないけど……好《す》き、というほどよく知《し》らないかも。

「まあまあ、いいじゃないか！　めでたい日《ひ》なんだし。これから始《はじ》まる中学校生活《ちゅうがっこうせいかつ》、青春《せいしゅん》を存分《ぞんぶん》に謳歌《おうか》するといいよ！」

「あーはいはい、用《よう》がないんやったら帰《かえ》ってー」

「ははは、まあまあそう言《い》わないでくれよ。これを渡《わた》しに来《き》たのさ。入学祝《にゅうがくいわ》いだよ！」

差《さ》しだされた紙袋《かみぶくろ》には……わぁっ、新品《しんぴん》のスマートフォンが四台《だいはい》入ってる。

ついているカバーは、ピンク、赤《あか》、水色《みずいろ》、紫色《むらさきいろ》。

私《わたし》たち四人《にん》の色《いろ》だ！

「スマホじゃないですか」

「しかもこれ、最新型《さいしんがた》やん！」

「す……すごい！」

紙袋《かみぶくろ》から中身《なかみ》を取《と》りだし、私《わたし》たちは目《め》を輝《かがや》かせた。

四月《しづき》ちゃんも一歩《いっぽ》離《はな》れたところから、興味《きょうみ》ありげにその様子《ようす》を見《み》つめてる。

「ありがとう！　おっちゃん！」

「いえいえ、どういたしまして」

「でも……月々《つきづき》のお金《かね》とかは……」

一花《いちか》ちゃんの言葉《ことば》にハッとした。

そっか……スマホって毎月《まいつき》お金《かね》がかかるんだ。さすが、しっかり者《もの》の一花《いちか》ちゃん。

だけど富士山《ふじやま》さんは、笑《わら》ってこう言《い》った。

「心配《しんぱい》しなくても、国《くに》の自立練習計画実行委員会《じりつれんしゅうけいかくじっこういいんかい》が出《だ》してくれるから大丈夫《だいじょうぶ》。まあ、そのかわりと言《い》ってはなんなんだけど……」

「なんですか？」

「週《しゅう》に一度《ど》、自立練習計画実行委員会《じりつれんしゅうけいかくじっこういいんかい》から、このスマホに課題《かだい》を送《おく》ることになったんだ。例《たと》えば『四人《にん》で協力《きょうりょく》して部屋《へや》のそうじをしよう』とか『四人《にん》で協力《きょうりょく》して洗濯《せんたく》をしよう』とか！　いわゆる自立《じりつ》のためのミッションみたいなものだね。達成《たっせい》できたら指定《してい》のフォームから返信《へんしん》してくれ。写真《しゃしん》をつけるのも忘《わす》れないでくれよ！」

「なーんや……」

「宿題《しゅくだい》つきですか……」

お姉《ねえ》ちゃんたちはちょっと不満《ふまん》そう。だけど、

「これは中学生自立練習計画《ちゅうがくせいじりつれんしゅうけいかく》を受《う》ける人《ひと》の、義務《ぎむ》だからね」

と、富士山《ふじやま》さんが指《ゆび》を立《た》てると、二人《ふたり》ともしぶしぶ「「はーい」」と同時《どうじ》に返事《へんじ》をした。

私《わたし》は全然《ぜんぜん》しぶしぶなんかじゃない。むしろ、すっごくうれしい！

だって、初《はじ》めてのスマートフォン、しかもおそろい。

これがあればいつでも、姉妹《しまい》や、学校《がっこう》の友達《ともだち》とだって連絡《れんらく》が取《と》れるよね。

それに、中学生自立練習計画《ちゅうがくせいじりつれんしゅうけいかく》を受《う》ける人《ひと》の「義務《ぎむ》」っていうのが、一人前《いちにんまえ》の大人《おとな》が使《つか》うような言葉《ことば》で、なんだかちょっとかっこいいなって思《おも》ったの。

大人《おとな》あつかいされるのって、うれしいな。成長《せいちょう》をみとめてもらえた、ってことだもんね。

「それから君《きみ》たち、記念写真《きねんしゃしん》をとらせてくれるかい？」

いつの間《ま》にか、富士山《ふじやま》さんはカメラをかまえている。

「さあ、ならんでならんで！　『入学式《にゅうがくしき》』の看板《かんばん》の周《まわ》りに!!」

わんわんひびく大《おお》きな声《こえ》。ぐずぐずしてたらまた目立《めだ》っちゃうよ。

私《わたし》たちはあわてて言《い》うことを聞《き》くことにした。

「はいチーズ！　……もう一枚《まい》！　……もう一枚《まい》！　……うーん……」

どうしたんだろう。富士山《ふじやま》さん、首《くび》をかしげてる。困《こま》ってるのかな。

「いやあ、なんだか暗《くら》くってね。うまい具合《ぐあい》にとれないんだ」

富士山《ふじやま》さんがカメラをこねくりまわしていると、

「あの、それデジタル一眼《いちがん》ですよね」

ふいに、明《あか》るい声《こえ》がした。

「あっ、湊《みなと》くん！」

「三風《みふ》ちゃん！」

人《ひと》のよさそうな笑《え》みを浮《う》かべて、近《ちか》づいてきたのは湊《みなと》くんだ。

「なんか困《こま》ってたみたいだから声《こえ》かけちゃった。……えーっと、この構図《こうず》なら、ここのボタンで、ホワイトバランスを『くもり』にして……」

湊《みなと》くんはすぐに富士山《ふじやま》さんのカメラをのぞきこんで、操作方法《そうさほうほう》を教《おし》えはじめた。

「こうかい？」

「そうです。それから、露出補正《ろしゅつほせい》をプラスにしてみてください。明《あか》るくなりますよ！」

ひときわいきいきした、湊《みなと》くんの笑顔《えがお》。

楽《たの》しそうな横顔《よこがお》から、わくわくしている気持《きも》ちが伝《つた》わってくる。

そういえば、湊《みなと》くん「写真《しゃしん》とるのが趣味《しゅみ》」って言《い》ってたっけ。

趣味《しゅみ》なだけあって、カメラにずいぶんくわしいんだ。

それに、知《し》らない大人《おとな》に話《はな》しかけて、助《たす》けてあげるなんて。

勇気《ゆうき》あるっていうか……だれにでも明《あか》るくて、優《やさ》しい子《こ》なんだなぁ。

自分《じぶん》にはむずかしいことを軽々《かるがる》やってしまう姿《すがた》がまぶしくて、私《わたし》、じっと彼《かれ》の姿《すがた》を見《み》つめた。

「なるほど！　ようしこれで……おお、できたぞ！」

富士山《ふじやま》さんが再《ふたた》びカメラをかまえた。

「おっ、なんや、うまいことといったみたいやで。とりゃ！」

「きゃ」「わあっ」「……っ」

急《きゅう》に二鳥《にとり》ちゃんがみんなをだきよせたから、私《わたし》、一花《いちか》ちゃんとぶつかりそうになっちゃった。

中腰《ちゅうごし》で転《ころ》びそうになった四月《しづき》ちゃんを、一花《いちか》ちゃんがなんとか支《ささ》えてる。

「危《あぶ》ないじゃないの」

「ごめんごめん！」

怒《おこ》った一花《いちか》ちゃんの顔《かお》。イタズラっぽく笑《わら》う二鳥《にとり》ちゃんの顔《かお》。びっくりした四月《しづき》ちゃんの顔《かお》。

みーんな私《わたし》と同《おな》じ顔《かお》。私《わたし》の姉妹《しまい》なんだ！

近《ちか》づくと改《あらた》めて意識《いしき》しちゃって、照《て》れくさいけど、爆発《ばくはつ》しそうなくらいうれしいよっ。

「えへへっ」

私《わたし》は笑《わら》って、自分《じぶん》からみんなにぎゅっと体《からだ》をくっつけた。

その瞬間《しゅんかん》、

「はい、チーズ！」

――パシャ
「ようし、いい写真《しゃしん》がとれたぞ!! 国《くに》の福祉大臣《ふくしだいじん》も、クワトロフォリアの社長《しゃちょう》も、喜《よろこ》んでくださるにちがいない！ ありがとう、君《きみ》！ 助《たす》かったよ。それじゃあ、またね!!」

うでをぶんぶんふり、大満足《だいまんぞく》といった足取《あしど》りで、富士山《ふじやま》さんはあっという間《ま》に去《さ》っていった。

あっけにとられている私《わたし》たちをよそに、

「どういたしましてー！」

湊《みなと》くんまでつられて大声《おおごえ》になって、富士山《ふじやま》さんを見送《みおく》っている。

「三風《みふ》、あの男《おとこ》の子《こ》、知《し》りあい？」

「う、うん、同《おな》じクラスの……」

一花《いちか》ちゃんに説明《せつめい》しようとすると、湊《みなと》くんがふりかえって、ほほえんだ。

「初《はじ》めまして、野町湊《のまちみなと》です。三風《みふ》ちゃんのお姉《ねえ》さんと妹《いもうと》さんだよね。よろしく」

「初《はじ》めまして。長女《ちょうじょ》の一花《いちか》よ」

「うち、二鳥《にとり》。よろしくっ」

「…………………………」

四月《しづき》ちゃんは恥《は》ずかしいのか、カチコチに固《かた》まってる。

「あ、あの……この子《こ》は、四月《しづき》ちゃん。末《すえ》っ子《こ》なの」

代《か》わりに私《わたし》が紹介《しょうかい》してあげると、四月《しづき》ちゃんはぎこちなく頭《あたま》を下《さ》げた。

「本当《ほんとう》にさっきはありがとう」

一花《いちか》ちゃんが姉妹《しまい》を代表《だいひょう》するようにお礼《れい》を言《い》うと、湊《みなと》くんは照《て》れくさそうに頭《あたま》をかいた。

「いいんだよ。人助《ひとだす》け人助《ひとだす》けっ。さっきのおっきい人《ひと》は、お父《とう》さん？」

「ちがうわ。親戚《しんせき》のおじさんよ」

「へっ」「え？」「……」

一花《いちか》ちゃんがすごく自然《しぜん》にウソをついたので、私《わたし》たち妹《いもうと》三人《にん》はびっくり。

だけど……とりあえずは「親戚《しんせき》のおじさん」ということにしておいてもいいのかも。

湊《みなと》くんとは知《し》りあったばかりだし……本当《ほんとう》のことを言《い》ったら気《き》をつかわせちゃうかもだし……。

それに、今日《きょう》はせっかくの入学式《にゅうがくしき》。

私《わたし》たちのややこしい事情《じじょう》を一《いち》から説明《せつめい》するのは……どうしても、気《き》が乗《の》らないや。

二鳥《にとり》ちゃんも四月《しづき》ちゃんも同《おな》じ気持《きも》ちなのか、何食《なにく》わぬ顔《かお》でだまってる。

私《わたし》もつい、何《なに》も言《い》わないままにしてしまった。

「へえ、親戚《しんせき》のおじさんなんだ。すごい人《ひと》なんだね。さっき、大臣《だいじん》や社長《しゃちょう》がどうとかって」

「ああ、あれ？　うふっ。おじさんのいつもの冗談《じょうだん》よ。あの人《ひと》、普通《ふつう》の会社員《かいしゃいん》だもの。うちのお父《とう》さんとお母《かあ》さん、今日《きょう》は用事《ようじ》で先《さき》に帰《かえ》っちゃったから、代《か》わりに写真《しゃしん》をとってもらってたの」

クスクス笑《わら》いながら一花《いちか》ちゃんは言《い》う。

演技《えんぎ》があまりにも上手《じょうず》で、まるで本当《ほんとう》のことみたいに聞《き》こえた。

「あはは、なーんだ、そうだったんだ。……それにしても」

湊《みなと》くんは改《あらた》めて、私《わたし》たち四人《にん》をじっとながめる。

な、なんだろう？　と思《おも》った次《つぎ》の瞬間《しゅんかん》、

「三風《みふ》ちゃんのお姉《ねえ》さんと妹《いもうと》さん、みんな本当《ほんとう》にそっくりだね！　すごいや！」

出会《であ》ったときにも見《み》た、あの太陽《たいよう》のような笑顔《えがお》を向《む》けてくれたの。

えへへ、そうでしょ、すごいでしょ？

つられて私《わたし》も笑顔《えがお》になる。

「うん！　私《わたし》の自慢《じまん》の家族《かぞく》なのっ！」

言《い》ったとたん、春風《はるかぜ》が通《とお》りすぎて、桜《さくら》がぶわっと豪快《ごうかい》に舞《ま》った。

6　私《わたし》に似《に》てる、女《おんな》の人《ひと》？

金曜日《きんようび》の夕方《ゆうがた》。

中学校《ちゅうがっこう》が始《はじ》まってから初《はじ》めての週末《しゅうまつ》で、私《わたし》はうきうき。

「今日《きょう》は〜にこみハンバーグと大根《だいこん》のおみそしる〜♪」

私《わたし》は鼻歌《はなうた》を歌《うた》いながらおみそしるのナベをかきまわす。

最初《さいしょ》はヘタだった料理《りょうり》も、一花《いちか》ちゃんのアドバイスのおかげで、少《すこ》しずつうまくなってきた。

大根《だいこん》はにえたし、おだしもとけたよね。あとはおみそを入《い》れるだけ、っと……。

「できるようになると、料理《りょうり》って楽《たの》しいかも」

ひとりごとを言《い》うと、二鳥《にとり》ちゃんが後《うし》ろからひょっこり現《あらわ》れて、ナベの中《なか》をのぞいてきた。

「ほんまや、おいしそう！　三風《みふ》ちゃんのおみそしるは料亭《りょうてい》の味《あじ》やもんなー。うちにも教《おし》えてほしいわぁ。次《つぎ》どうすんの？　なんか手伝《てつだ》うことある？」

「じゃあ……って、えっ……あれっ？　二鳥《にとり》ちゃん、ポテトのやつ、作《つく》ってたんじゃ……」

夕食《ゆうしょく》を作《つく》りはじめる前《まえ》、二鳥《にとり》ちゃんはネットでポテトのオーブン焼《や》きのレシピを見《み》て、

――「これめっちゃおしゃれやん！　絶対作《ぜったいつく》りたい！」

って意気《いき》ごんでたのに、もうできあがったのかな。

と思《おも》ったときには、何《なに》やらこげくさいにおいが……。

「に、二鳥《にとり》！」

異変《いへん》に気《き》づいた一花《いちか》ちゃんが、サッとオーブンを止《と》めた。

「あああっ！」

二鳥《にとり》ちゃんもさけんで、オーブンを開《あ》けた瞬間《しゅんかん》。

――モワッ
うわわっ、黒《くろ》い煙《けむり》が出《で》てきた！

「げほ、ゲホッ……うわ、真《ま》っ黒《くろ》こげや」

オーブンの中《なか》をのぞいて、肩《かた》を落《お》とす二鳥《にとり》ちゃん。

じっとしていられない、飽《あ》きっぽい性格《せいかく》だから、料理《りょうり》があまり得意《とくい》じゃないみたい。

「ふう……火事《かじ》にならなくてよかったわ」

一花《いちか》ちゃんはため息《いき》をついた。

私《わたし》も気《き》をつけなくちゃ……。

――カタン
音《おと》がしたのでとなりを見《み》ると、四月《しづき》ちゃんがおみそしるのお椀《わん》を用意《ようい》してくれていた。

「ありがとう、四月《しづき》ちゃん」

「………いえ」

四月《しづき》ちゃんはすぐ後《うし》ろを向《む》き、いそいそとお茶碗《ちゃわん》を出《だ》しはじめる。

やっぱりまだ恥《は》ずかしいのかな。

だけど、協力《きょうりょく》はしてくれるんだし、きっと、もうちょっとで打《う》ちとけられるよね。

「もうお腹《なか》ぺこぺこだよ。早《はや》く食《た》べよっ」

おみそしるをお椀《わん》に注《つ》いで、お茶碗《ちゃわん》にごはんをよそって、お箸《はし》と湯飲《ゆの》みといっしょにならべて
――。

席《せき》につこうとしたとき。

「あははっ、あせりすぎや三風《みふ》ちゃん！　お箸《はし》もお茶碗《ちゃわん》もバラバラやん」

二鳥《にとり》ちゃんがテーブルの上《うえ》を見《み》てふきだした。

「一花《いちか》のお茶碗《ちゃわん》は、こっち。赤《あか》いのんはうちの。そんで、箸《はし》も一花《いちか》のと三風《みふ》ちゃんの逆《ぎゃく》やし、湯飲《ゆの》みはシヅちゃんとうちのが逆《ぎゃく》や」

「あーっ……ごめーん」

やっちゃった。私《わたし》はすぐさま、配《くば》りなおす。

「施設《しせつ》にいたころは、みんな同《おな》じ色《いろ》のお茶碗《ちゃわん》だったから、まちがえちゃった」

「わかるわ。施設《しせつ》ってだれがどのお茶碗《ちゃわん》とか決《き》まってないのよね」

「そうそう。ついクセが出《で》ちゃって」

と一花《いちか》ちゃんに返事《へんじ》をしながら、ハタと気《き》がついた。

「……あれ？　一花《いちか》ちゃんは施設《しせつ》にいたこともあるの？」

「あ……」

一花《いちか》ちゃんは手伝《てつだ》う手《て》を止《と》めて、一度口《いちどくち》を閉《と》じ、少《すこ》し間《あいだ》をおいて続《つづ》けた。

「……そうなの。最初《さいしょ》は施設《しせつ》。それから里親《さとおや》さんのところに移《うつ》ったのよ」

「そうだったんだー」

私《わたし》はうなずきながら、自分《じぶん》の席《せき》へともどる。

二鳥《にとり》ちゃんは養子《ようし》で、家族《かぞく》での生活《せいかつ》が当《あ》たり前《まえ》だった。

だから「自分《じぶん》の食器《しょっき》」という感覚《かんかく》が自然《しぜん》と身《み》についていたんだね。

一花《いちか》ちゃんは……里親《さとおや》さんのお家《うち》では、お箸《はし》やお茶碗《ちゃわん》の区別《くべつ》はあったのかな。

私《わたし》たち、四《よ》つ子《ご》の四姉妹《よんしまい》だけど、バラバラに育《そだ》てられたから。

見《み》た目《め》はそっくりだけど、中身《なかみ》はそっくりじゃない……仕方《しかた》ないよね。

楽《たの》しいような、さみしいような気持《きも》ちが、体《からだ》をするりと通《とお》りぬけていった。

それはさておき、夕食《ゆうしょく》だ。おいしく食《た》べなきゃもったいない！

目《め》の前《まえ》の料理《りょうり》をじっくりながめてみる。

にこみハンバーグは、とろっとしたデミグラスソースがからんでいて、本当《ほんとう》においしそう。

白《しろ》いごはんと、大根《だいこん》のおみそしるからは、柔《やわ》らかい湯気《ゆげ》がホカホカ立《た》ちのぼっている。

思《おも》わず、ごくりとツバをのみこんじゃった。

「いただきます！　……の前《まえ》に」

——パシャ
スマホで写真《しゃしん》をとり、送信《そうしん》。

今週《こんしゅう》の自立《じりつ》ミッション「四人《にん》で夕食《ゆうしょく》を作《つく》っていっしょに食《た》べる」は達成《たっせい》だ。

得意《とくい》な気持《きも》ちになって、ふふん、と笑《わら》ったそのとき、

──ピロン
スマートフォンがメッセージを受信《じゅしん》した。

「あ……！」

湊《みなと》くんからだ。

連絡先《れんらくさき》は交換《こうかん》してあったけど、メッセージがくるのは初《はじ》めてだから、ドキドキするなぁ……。

《突然《とつぜん》ごめん。三風《みふ》ちゃんに伝《つた》えた方《ほう》がいいかなーと思《おも》ってさ。今日《きょう》、少《すこ》し遅《おそ》くまで学校《がっこう》に残《のこ》ってたんだけど、帰《かえ》り道《みち》で知《し》らない女《おんな》の人《ひと》に「四《よ》つ子《ご》を知《し》ってる？」って話《はな》しかけられたんだ。一《いち》応《おう》わからないって答《こた》えたけど、その人《ひと》、なんとなく三風《みふ》ちゃんに似《に》てた気《き》がするんだよね……》

「え？」

私《わたし》に似《に》てる、女《おんな》の人《ひと》？

夕立《ゆうだち》の直前《ちょくぜん》に吹《ふ》くような不穏《ふおん》な風《かぜ》が、ざわっ、と心《こころ》の中《なか》を吹《ふ》きぬけた。

脈《みゃく》が、とくとくとくとくとく……と、どんどん速《はや》くなっていく。

知《し》らない間《あいだ》に、スマートフォンをにぎる手《て》の指《ゆび》には、ぎゅっと力《ちから》が入《はい》っていた。

「どうしたの三風《みふ》」

「冷《さ》めるでー？」

「うっ、うん……」

お姉《ねえ》ちゃん二人《ふたり》にせかされて、私《わたし》はごまかすように、スマホをテーブルのすみに置《お》いた。


ハンバーグも、おみそしるも、おいしかった。

お姉《ねえ》ちゃんたちも、私《わたし》も、いつも小食《しょうしょく》な四月《しづき》ちゃんでさえ、ごはんをおかわりしたくらい。

けど「おいしいね」と笑顔《えがお》で食《た》べてる間《あいだ》も、湊《みなと》くんからのメッセージがずっと気《き》になっていた。

夕飯《ゆうはん》を食《た》べおわると、私《わたし》はスマホを手《て》に、早足《はやあし》で自分《じぶん》の部屋《へや》へもどった。

すぐさまメッセージアプリを開《ひら》く。

《湊《みなと》くん、その話《はなし》、くわしく教《おし》えてくれる？》

それだけの短《みじか》い文章《ぶんしょう》なのに、文字《もじ》の入力《にゅうりょく》を何度《なんど》もまちがえてしまった。

私《わたし》、相当《そうとう》あせっているんだ、と、そこでようやく気《き》がつく。

やっとのことで、「送信《そうしん》」を押《お》した。

まさか……ね。

ドキン、ドキン……心臓《しんぞう》の音《おと》がすごく大《おお》きく聞《き》こえる。

全身《ぜんしん》が、ずっしり重《おも》い熱《ねつ》を持《も》ちはじめてる。

——ピロン

すぐに返信《へんしん》が来《き》た。

通知《つうち》のベルとほとんど同時《どうじ》にメッセージを開《ひら》く。

《なんか、黒塗《くろぬ》りの大《おお》きな車《くるま》に乗《の》ってきて、派手《はで》で高《たか》そうな服《ふく》を着《き》てて……庶民《しょみん》っぽくないっていうか、ちょっと目立《めだ》つ感《かん》じの人《ひと》だったよ。不安《ふあん》にさせてごめん。少《すこ》し気《き》になったから》

目《め》を通《とお》して、ふーっ、と、大《おお》きく息《いき》をついた。

大《おお》きな車《くるま》に、派手《はで》な服《ふく》……。……やっぱり、ちがうよね。

壁《かべ》に寄《よ》りかかると、手《て》からも足《あし》からも力《ちから》がぬけていく。

ちがうちがう。私《わたし》たちのお母《かあ》さんじゃないよ。

お母《かあ》さんはきっと、四人《にん》も子《こ》どもを育《そだ》てるお金《かね》がなくて、私《わたし》たちを施設《しせつ》に預《あず》けたんだもん。

似《に》ている人《ひと》、と聞《き》いただけで、あんなにドキドキしちゃった自分《じぶん》が、なんだか情《なさ》けないや。

「似《に》てる人《ひと》なんて、きっといっぱいいるよ……。……お母《かあ》さんじゃないって」

自分《じぶん》を落《お》ちつかせるようにひとりごとをつぶやいて、畳《たたみ》に倒《たお》れこんだ、そのとき。

「ちょっと……！　何《なに》これっ」

一階《かい》で声《こえ》が上《あ》がった。

この声《こえ》は一花《いちか》ちゃんかな。なんだろう？

私《わたし》は気《き》になって、部屋《へや》を出《で》て階段《かいだん》を下《お》りていった。

7 宮美家《みやびけ》、家事分担会議《かじぶんたんかいぎ》

「どうしたの、このお花《はな》！」

一花《いちか》ちゃんは玄関《げんかん》の靴箱《くつばこ》の上《うえ》を指《ゆび》さして、怒《おこ》ったような、困《こま》ったような顔《かお》をしてる。

そこには……わ、とってもきれい。

花瓶《かびん》に生《い》けられた、黄色《きいろ》と白《しろ》のお花《はな》が飾《かざ》ってある。

これ、たぶん、フリージアじゃないかな。

だれが置《お》いたんだろう？

私《わたし》が家《いえ》に帰《かえ》ったときには、こんなお花《はな》なかったと思《おも》うけど……。

「あ、それ買《こ》うてん。きれいやろ？」

あっさりそう言《い》いながら、居間《いま》から二鳥《にとり》ちゃんがやってきた。

すると、一花《いちか》ちゃんはますますけわしい顔《かお》になって……。

「やっぱり二鳥《にとり》だったのね。買《か》ったって、いくらしたの？」

「安売《やすう》りしてたんや。たった三百五十円《えん》」

「全然安《ぜんぜんやす》くないじゃない。ムダづかいしないでよっ」

きつく言《い》われて、二鳥《にとり》ちゃんはムッとした顔《かお》つきになった。

「ムダちゃうよ。玄関《げんかん》には花《はな》、置《お》いときたいやんか」

「あのね、花《はな》なんか一週間《しゅうかん》もしたら枯《か》れちゃうんだから――」

「一花《いちか》のケチ！　どこの家《いえ》でも玄関《げんかん》は飾《かざ》っとくもんやで。お客《きゃく》さんをおむかえするとこやもん」

「私《わたし》は現実的《げんじつてき》なだけよ。里親《さとおや》さんの家《いえ》はお花《はな》なんて飾《かざ》ってなかったわ！」

バチバチ、音《おと》がしそうなするどさでにらみあう二人《ふたり》。

たしかに、玄関《げんかん》にお花《はな》を飾《かざ》るときれいだけど、お金《かね》が

ちょっともったいないし……。

こんなふうにケンカになっちゃうのって、私《わたし》たちがバラバラに育《そだ》てられたからだよね。

一花《いちか》ちゃんにとって当《あ》たり前《まえ》だったことは、二鳥《にとり》ちゃんにとって当《あ》たり前《まえ》じゃないんだ。

反対《はんたい》に、二鳥《にとり》ちゃんにとって当《あ》たり前《まえ》だったことは、一花《いちか》ちゃんにとって当《あ》たり前《まえ》じゃない。

私《わたし》、どうしたらいいかわからなくて、二人《ふたり》の横《よこ》でおどおどしてたら、

「ねえどう思《おも》う？」「なあどう思《おも》う？」

「え、ええっ……」

お姉《ねえ》ちゃんたちに同時《どうじ》に話《はなし》をふられて、思《おも》わず一歩《いっぽ》、あとずさっちゃった。

「わ、私《わたし》のいた施設《しせつ》の玄関《げんかん》には、お花《はな》、飾《かざ》ってあったけど……」

と答《こた》えたら、二鳥《にとり》ちゃんは「ふん！」と得意《とくい》そうな顔《かお》。

「で、でもそのお花《はな》は、買《か》ったやつじゃなくて、お庭《にわ》の花壇《かだん》で育《そだ》てたものだったの」

今度《こんど》は一花《いちか》ちゃんが「ほら見《み》なさい」と言《い》いたげに二鳥《にとり》ちゃんに視線《しせん》を送《おく》った。

「……ああもう。わかったって。今度《こんど》から庭《にわ》とかに咲《さ》いてる花《はな》つんで飾《かざ》っとくからっ」

「花瓶《かびん》の水《みず》かえ、ちゃんとするのよ？」

「するわっ！」

二鳥《にとり》ちゃん、「しつこいなあ！」と言《い》わんばかりにぷんぷんしてる。

だけど、一花《いちか》ちゃんは冷《ひ》ややかにこう言《い》ったの。

「どうかしら。この際《さい》だから言《い》わせてもらうけど、ゴミ出《だ》しも、洗濯《せんたく》も、いつも私《わたし》じゃない」

「い……いつもちゃうやん」

「たしかに『いつも』じゃないけど、四人《にん》で暮《く》らしてるのに、半分以上私《はんぶんいじょうわたし》がやってるわ」

「う………」

一花《いちか》ちゃんの不満《ふまん》そうな声《こえ》に、二鳥《にとり》ちゃんの声《こえ》からいきおいが消《き》えた。

私《わたし》の心《こころ》も、しゅんとしぼんだ。

いっしょに暮《く》らしはじめて、そろそろ二週間《しゅうかん》。

姉妹《しまい》だけでの暮《く》らしは「特別《とくべつ》なもの」から「いつもの日常《にちじょう》」へと変《か》わりはじめている。

最初《さいしょ》のころはお泊《と》まり会《かい》みたいで、楽《たの》しいことばかりだったけど――。

毎日《まいにち》となると、だんだん大変《たいへん》さのほうが大《おお》きくなってきたんだ。

特《とく》に家事《かじ》。

例《たと》えば、ゴミ箱《ばこ》のゴミは、ゴミの日《ひ》に出《だ》さない限《かぎ》り、ずっとそこにある。

洗濯物《せんたくもの》は、洗濯機《せんたくき》を回《まわ》して、物干《ものほ》し場《ば》に干《ほ》さない限《かぎ》り、いつまでも汚《よご》れたまま。

買《か》い物《もの》に行《い》かないと、食材《しょくざい》は永遠《えいえん》に手《て》に入《はい》らないし、お腹《なか》の減《へ》りだって満《み》たされない。ろうかだって、何《なに》もしないと一日《にち》でほこりだらけになっている。

今《いま》までどれだけ大人《おとな》に助《たす》けられていたか、思《おも》いしることばかりなの。だれかがしないといけないって、わかってはいても、やり方《かた》がわからないことも多《おお》いし……。

気《き》がつけば、家事《かじ》に慣《な》れた一花《いちか》ちゃんに、負担《ふたん》が集《あつ》まっていたみたい。

「ていうか、二鳥《にとり》は家事《かじ》のやり方《かた》が雑《ざつ》なのよ。今日《きょう》食《た》べたハンバーグのお皿《さら》だって、そのままたらいにつけたでしょ。一度《いちど》水《みず》で流《なが》さないと、あれじゃ、たらいまでぬるぬるになるわ」

「しゃーないやん。この家《いえ》、食器洗《しょっきあら》い機《き》、ないねんもん」

「食器洗《しょっきあら》い機《き》なんてないのが普通《ふつう》でしょ。里親《さとおや》さんのところではみんな手《て》で洗《あら》ってたわ」

「今《いま》どきあるのが普通《ふつう》やろ。手《て》が荒《あ》れるやんか。……だいたい、あんたちょっと細《こま》かいわ。お皿《さら》をたらいにつけるとき、洗《あら》い流《なが》そうが流《なが》すまいが、そんなんどっちでもええやん！」

「花《はな》こそどっちでもいいじゃない！」

私《わたし》が考《かんが》えこんでいる間《あいだ》に、二人《ふたり》はどんどんヒートアップしちゃってる。

ああっ、このままじゃケンカだ！

私《わたし》はとっさに二人《ふたり》の間《あいだ》に飛《と》びこんだ。

「ね、ねえ！　家事《かじ》は、自分《じぶん》のこだわることを専門《せんもん》にすればいいんじゃないかな⁉　あっ、それか、学校《がっこう》のそうじ当番《とうばん》みたいにするの！」

二人《ふたり》は、急《きゅう》に割《わ》って入《はい》ってきた私《わたし》に、少《すこ》しおどろいたみたい。

でも、すぐに納得《なっとく》したような顔《かお》になって、ふ、と笑《え》みを浮《う》かべた。

「そうね……そうよね。何争《なにあらそ》ってたのかしら。三風《みふ》の言《い》う通《とお》りだわ」

「気《き》になるんやったら自分《じぶん》でやり！　っちゅうこっちゃな」

さっきまでのピリピリした空気《くうき》は一瞬《いっしゅん》で消《き》えてしまったみたい。

お姉《ねえ》ちゃんたちはうなずきあうと、何《なに》やらきびきび動《うご》きだした。

「ねえ、何《なに》か画用紙《がようし》みたいな大《おお》きい紙《かみ》ないかしら。カレンダーの裏《うら》とかでもいいんだけど」

「アイドルのポスターやったら、いらんのが一枚《まい》あるわ」

「それちょうだい！」

「ええで！」

二鳥《にとり》ちゃんはそう答《こた》えると二階《かい》にかけあがり、すぐに裏《うら》の白《しろ》いポスターを取《と》ってきた。

「じゃあ三風《みふ》、四月《しづき》を呼《よ》んできて」

「えっ」

急《きゅう》な展開《てんかい》についていけず目《め》をパチパチさせていると、

「これから宮美家《みやびけ》の家事分担会議《かじぶんたんかいぎ》をはじめるわよ」

一花《いちか》ちゃんがウィンクした。

宮美家《みやびけ》　家事分担表《かじぶんたんひょう》
《一花《いちか》・台所《だいどころ》と食堂《しょくどう》》
《二鳥《にとり》・げんかん！　と、ろうかと階段《かいだん》》

四人《にん》で食堂《しょくどう》のテーブルを囲《かこ》むやいなや。

お姉《ねえ》ちゃんたちが、太《ふと》いペンで真《ま》っ白《しろ》な紙《かみ》に、迷《まよ》うことなく書《か》きこんでいく。

私《わたし》と四月《しづき》ちゃんは、ぽかんと口《くち》を開《あ》けてその姿《すがた》を見《み》つめてる。

「三風《みふ》ちゃんはどこの担当《たんとう》がええ？」

まるでリレーのバトンみたいに、二鳥《にとり》ちゃんからペンを渡《わた》された。

「えっ、わ、私《わたし》……えっと」

少《すこ》しの間考《あいだかんが》えて……、私《わたし》、しゅんと肩《かた》を落《お》とした。

「得意《とくい》なこととか、こだわりとか、特《とく》にないかも……」

なんていうか、私《わたし》って、なんにもできない、役立《やくた》たず……？

自分《じぶん》がちょっとイヤになってしまう。

だけど、一花《いちか》ちゃんは気《き》にとめることもなく、ピンと人差《ひとさ》し指《ゆび》を立《た》てた。

「なら、とりあえず居間《いま》はどうかしら？」

「えっ、あ、う、うん！」

にこにこ笑顔《えがお》の一花《いちか》ちゃんに、私《わたし》は何度《なんど》もうなずく。

私《わたし》に務《つと》まるかな？　なんて弱気《よわき》なことは言《い》ってられない雰囲気《ふんいき》だ。

よ……よおし……！

《三風《みふ》・居間《いま》》

思《おも》いきって白《しろ》い紙《かみ》にそう書《か》きこむと、一花《いちか》ちゃんが満足《まんぞく》そうにふくみわらいをした。

「シヅちゃんはどこがええ？」

二鳥《にとり》ちゃんは待《ま》ちきれないというように、紙《かみ》とペンを、ずいっ、と四月《しづき》ちゃんの方《ほう》に押《お》しやったんだけど……。

「…………あ、の……」

話《はなし》についてこれずにいたのかな。

四月《しづき》ちゃんは、おびえたような目《め》を向《む》けた。

「そうじとかの担当場所《たんとうばしょ》よ。どこがいい？」

「……ぼ、僕《ぼく》は、なんでも……その…………そ、外《そと》、に」

一花《いちか》ちゃん、紙《かみ》、二鳥《にとり》ちゃん、ペン、と、視線《しせん》をあちこちに迷《まよ》わせる四月《しづき》ちゃん。

「外《そと》？　ベランダとか、庭《にわ》とかかしら」

「…………」

四月《しづき》ちゃん、コクン、とうなずいたけど、なんだかおろおろしてるみたい。

もしかして……私《わたし》と同《おな》じで、得意《とくい》なことが何《なに》もないから「僕《ぼく》は部屋《へや》の外《そと》に出《で》ていますので、みなさんだけで決《き》めてください」とか言《い》うつもりだったのかな。

「助《たす》かるわ。ベランダ、黄砂《こうさ》まみれだもの」

「せやな。庭《にわ》の雑草《ざっそう》ものびてきてるし」

少《すこ》し強引《ごういん》な気《き》もしたけど、一花《いちか》ちゃんと二鳥《にとり》ちゃんはもう次《つぎ》の話《はな》しあいに移《うつ》っている。

「戸《と》じまりはどうする？」

「雨戸《あまど》閉《し》めたり、カギの確認《かくにん》したりってこと？　それは二人《ふたり》でせえへん？　一応《いちおう》お姉《ねえ》ちゃん組《ぐみ》なんやし。それよりトイレとお風呂《ふろ》が――」

反発《はんぱつ》しあうことの多い二人《ふたり》だけど、ひとたび力《ちから》を合《あ》わせれば息《いき》ぴったりだ。

二人《ふたり》だけで、どんどん物事《ものごと》を決《き》めていく。

私《わたし》と四月《しづき》ちゃんは、置《お》いてけぼりで、ただ立《た》ってるだけ。

でもっ、こんなんじゃダメだよ。私《わたし》だって、家族《かぞく》の一員《いちいん》なんだもん！

私《わたし》は「よしっ」と勇気《ゆうき》を出《だ》して、四月《しづき》ちゃんの手《て》をパッと取《と》り、二人《ふたり》に向《む》かってさけぶ。

「ねえ、私《わたし》たちも交《ま》ぜて！」

「「あっ」」

一花《いちか》ちゃんと二鳥《にとり》ちゃんは話《はな》しあいを止《と》め、すぐに私《わたし》たちを輪《わ》に入《い》れてくれた。

「もちろんよ。二人《ふたり》だけで先走《さきばし》っちゃってごめんなさい」

「今《いま》、ゴミ出《だ》しとかはどうするかの話《はなし》やねんけど」

「そ、それなら、一週間交代《しゅうかんこうたい》がいいよ。ゴミを出《だ》さない日《ひ》もあるけど、出《だ》す日《ひ》は曜日《ようび》で決《き》まってるから……一週間交代《しゅうかんこうたい》にしたら、平等《びょうどう》になると思《おも》うの」

私《わたし》、少《すこ》しずつでも自分《じぶん》の意見《いけん》を言《い》おうとがんばってみた。

「なるほど。せやな。シヅちゃんはどう思《おも》う？」

「……それで、いいと思《おも》います」

四月《しづき》ちゃんは相変《あいか》わらず、自分《じぶん》から発言《はつげん》することはなさそう。

でも、ふせられがちな瞳《ひとみ》から、おびえたような色《いろ》はどうにか消《き》えていた。

しばらく話《はな》しあったあと。

「よっしゃ。宮美家《みやびけ》のルール、決《き》まったで！」

二鳥《にとり》ちゃんがいきおいよくつきだした紙《かみ》を、私《わたし》たちはのぞきこんだ。

宮美家《みやびけ》・家事分担表《かじぶんたんひょう》

一花《いちか》・台所《だいどころ》と食堂《しょくどう》
二鳥《にとり》・玄関《げんかん》とろうかと階段《かいだん》
三風《みふ》・居間《いま》
四月《しづき》・家《いえ》の外《そと》

・自分《じぶん》の部屋《へや》は自分《じぶん》でそうじする
・トイレそうじとお風呂《ふろ》そうじとゴミ出《だ》しは週替《しゅうが》わりの当番制《とうばんせい》
・洗濯《せんたく》は、朝《あさ》、四人《にん》で協力《きょうりょく》し手早《てばや》くすます
・料理《りょうり》と買《か》いだしは、姉組《あねぐみ》（一花《いちか》・二鳥《にとり》）と、妹組《いもうとぐみ》（三風《みふ》・四月《しづき》）が交互《こうご》にする

「おおっ……！　すごーい！」

私《わたし》は思《おも》わず声《こえ》をあげた。

ルールだとか、当番《とうばん》だとか、普通《ふつう》なら、めんどくさいなとか、イヤだなとか思《おも》うものだよね。

だけど、このルールは大好《だいす》きって思《おも》えたの。

だって、これは、私《わたし》たち家族《かぞく》のルールだから。

だれかに「ああしなさい」「こうしなさい」って言《い》われたわけじゃなくて、私《わたし》たちが自分《じぶん》から、自分《じぶん》たちだけで決《き》めた、私《わたし》たちのためのルールなんだもん！

「さっそく明日《あした》から始《はじ》めよか。最初《さいしょ》のトイレそうじとかの当番《とうばん》はだれにする？」

「じゃんけんで決《き》めましょ」

一花《いちか》ちゃんの提案《ていあん》に、すぐにみんなこぶしを出《だ》した。

「じゃんけんぽん」四人《にん》ともパーだった。

「あいこでしょ」今度《こんど》は四人《にん》ともチョキ。

「あいこでしょ」今度《こんど》はグー。

「あいこでしょ」

「あいこでしょ」

「あいこでしょ」

「あいこで――」

そのあとも延々《えんえん》とあいこが続《つづ》いて……二十回目《かいめ》くらいで、ようやく私《わたし》が負《ま》けた。

「……呪《のろ》われてるんか思《おも》たわ」

「さすが一卵性《いちらんせい》の姉妹《しまい》ね……」

あきれるお姉《ねえ》ちゃんたち。

四月《しづき》ちゃんも「ふ～……」とため息《いき》をついてる。

私《わたし》も「あはは……」と力《ちから》なく笑《わら》った。

「今度《こんど》から、じゃんけんじゃなくて、くじ引《び》きにした方《ほう》がいいかもね……」

それはさておき。

今《いま》まで、なんとなく、気《き》づいただれかがやったり、やらなかったりしていた家事《かじ》。

分担《ぶんたん》が決《き》まると、責任《せきにん》も生《う》まれる。

今週《こんしゅう》の当番《とうばん》は私《わたし》！　家族《かぞく》の一員《いちいん》として、がんばるぞ！

8　なぞの手紙《てがみ》

日曜日《にちようび》のお昼《ひる》。

私《わたし》たち四姉妹《よんしまい》は、全員《ぜんいん》そろって家《いえ》を出《で》た。

「あら、お出《で》かけ？」

声《こえ》をかけてきたのは、おとなりに住《す》む佐藤《さとう》さん。中年《ちゅうねん》の明《あか》るいおばさんだ。

「はい。デパートへ、日用品《にちようひん》を買《か》いに行《い》くんです」

私《わたし》はうきうきしながら、そう答《こた》えた。

「まあそうなの。えらいわねえ。行《い》ってらっしゃーい」

「行《い》ってきまーす」

私《わたし》、施設《しせつ》にいたころは、ショッピングなんてあまりしたことがなかったんだ。

服《ふく》はたいていお古《ふる》だったし、文房具《ぶんぼうぐ》とかは、施設《しせつ》に買《か》いおきされてたからね。

だから、大《おお》きいデパートに行《い》くってだけで、遊園地《ゆうえんち》に行《い》くみたいにわくわくするよ。

……ところが、到着《とうちゃく》して数分後《すうふんご》。

「こっちのノートの方《ほう》が安《やす》いでしょ！」

「こっちのノートの方《ほう》がかわいいやん！」

文房具《ぶんぼうぐ》売り場《ば》で、一花《いちか》ちゃんと二鳥《にとり》ちゃんがケンカを始《はじ》めちゃった。

二人《ふたり》は一歩《いっぽ》もゆずりそうにない。

四月《しづき》ちゃんは「僕《ぼく》にはどうにもできない」と言《い》いたげな顔《かお》で、瞳《ひとみ》だけあちこち動《うご》かしてる。

せっかくわくわくした気分《きぶん》になってたのに……あぁもう……私《わたし》がなんとかしなくちゃ！

「……あっ、これだ！」

目《め》についた、とあるノートを手《て》に取《と》り、私《わたし》は二人《ふたり》に呼《よ》びかける。

「ね、ねえ、お姉《ねえ》ちゃん！　このノートはどうかな？　五冊《さつ》ひと束《たば》で四百円《えん》。四束《たば》買《か》えば千五百円《えん》！　まとめ買《が》いで安《やす》くなるし、表紙《ひょうし》が無地《むじ》だから、デコればきっとかわいくなるよ？」

二人《ふたり》は、ギッ、と私《わたし》の持《も》つノートに目《め》を向《む》けた。

「……たしかにそうね」

「せやな。これにしよか」

うっすらかいた冷《ひ》や汗《あせ》をぬぐいつつ、私《わたし》、小《ちい》さくほほえんだ。

意見《いけん》がちがっても、すぐ仲直《なかなお》りできるのって、家族《かぞく》だからだよねぇ。

しみじみしている私《わたし》の手《て》から、ひょいとノートがうばわれた。

「それじゃ、まとめて買《か》いましょうか」

一花《いちか》ちゃんはノートを全部《ぜんぶ》で四束《たば》――二十冊《さつ》も取《と》って、そのままレジでお会計《かいけい》をすませる。

私《わたし》たち四人《にん》の、全教科分《ぜんきょうかぶん》のノートだ。

「半分持《はんぶんも》つで？」

二鳥《にとり》ちゃんが手《て》を差《さ》しのべ、私《わたし》たち妹組《いもうとぐみ》もうなずいた。

だけど、一花《いちか》ちゃんは笑《わら》って、ノートの入《はい》った袋《ふくろ》をぐいっと持《も》ちあげてみせる。

「大丈夫《だいじょうぶ》よ。このくらい平気《へいき》」

「一花《いちか》ちゃん、力持《ちからも》ちだね」

「まあね。体力《たいりょく》にはちょっと自信《じしん》あるわ。小学生《しょうがくせい》のころ、ミニバスケの選手《せんしゅ》だったの」

「選手《せんしゅ》？　すごい！」

選手《せんしゅ》だなんて、かっこいい！　思《おも》わず弾《はず》んだ声《こえ》が出《で》た。

「そんなにすごくないわよ。三風《みふ》は、何《なに》か部活《ぶかつ》とか入《はい》ってた？」

「私《わたし》、五年《ねん》のときは手芸《しゅげい》クラブで、六年《ねん》のときはイラストクラブだったの。運動《うんどう》はぜーんぜん」

特《とく》に、球技《きゅうぎ》なんて苦手中《にがてちゅう》の苦手《にがて》。

バスケでも、ドッジでも、投《な》げたボールはたいてい、ねらった場所《ばしょ》までとどかないんだよね。

ところが、今度《こんど》は一花《いちか》ちゃんが目《め》を大《おお》きく見《み》ひらいた。

「すごいじゃない！　私《わたし》、手芸《しゅげい》とか、図画工作《ずがこうさく》とか、そういうの一番苦手《いちばんにがて》だもの」

「本当《ほんとう》っ？」

「ええ。あ、じゃあ、もし家庭科《かていか》や美術《びじゅつ》の宿題《しゅくだい》が出《で》たら、三風《みふ》に助《たす》けてもらおうかな」

「う、うん！　私《わたし》も、球技《きゅうぎ》のコツとか教《おし》えてほしい！」

「もちろんいいわよ」

おたがいが、得意《とくい》なことで、おたがいを助《たす》けあう。

そんな関係《かんけい》ってステキだなぁ。

まさに、家族《かぞく》、って感《かん》じ！

「ねえねえ、二鳥《にとり》ちゃんは、何《なに》か部活《ぶかつ》してた？」

姉妹《しまい》のことをもっと知《し》りたくなって、私《わたし》は声《こえ》をかけた。

「いいや……そんなヒマ、なかったわ」

二鳥《にとり》ちゃんはそっけなく答《こた》え、首《くび》をふる。

「そう、なんだ……。四月《しづき》ちゃんは、何《なに》か部活《ぶかつ》、してた？」

四月《しづき》ちゃんも無言《むごん》で首《くび》をふる。

楽《たの》しくなるかなと思《おも》ったのに……。

二人《ふたり》はなぜか、この話題《わだい》にはあまり乗《の》ってくれなかった。

何《なに》かほかに……みんなが盛《も》りあがれること……ないかなあ。

私《わたし》は売《う》り場《ば》をぐるっとながめてみる。

そうしたら、パッとアイデアが浮《う》かんできて、前《まえ》を歩《ある》く一花《いちか》ちゃんに声《こえ》をかけた。

「ねえ一花《いちか》ちゃん」

ほかの二人《ふたり》に聞《き》こえないよう、こっそり耳打《みみう》ちする。

「あのね……に……を……たいの、いいかな？」

すると、一花《いちか》ちゃんはすぐにうなずいてくれた。

「いいわね。でも今日《きょう》は財布《さいふ》にあんまり余裕《よゆう》がなくて……さすがに五百円《えん》では無理《むり》よね？」

「大丈夫《だいじょうぶ》！　がんばってみるよ！」

「本当《ほんとう》？　足《た》りなかったら言《い》ってね。私《わたし》たち、地下《ちか》で夕飯《ゆうはん》の買《か》い物《もの》してるから」

「うん、じゃあまたあとで！」

私《わたし》はお金《かね》を受《う》けとって、別《べつ》の売《う》り場《ば》へと歩《ある》きだす。

すると、二鳥《にとり》ちゃんがこっそりついてきて、私《わたし》にささやいた。

「なあ三風《みふ》ちゃん、うち、もう買《か》い物飽《ものあ》きたわ。フロワフロッズのアイス食《た》べに行《い》こ」

フロワフロッズは、シングルコーンでも四百円《えん》くらいする、ちょっと高《たか》いアイスクリーム。

小学生《しょうがくせい》のころ一度《いちど》だけ食《た》べたことがあるんだけど、すっごくおいしかった。でも――。

「ええっ、か、勝手《かって》にぜいたくなものを買《か》うのは……」

「ぜいたく？　あのアイスクリーム食《た》べな、デパート来《き》たって気《き》ぃせえへんわ。一花《いちか》とシヅちゃんはあとで呼《よ》んだらええやん。『はよ来《こ》なとけるで』って――」

そのとき、私《わたし》たちの目《め》の前《まえ》を、一組《ひとくみ》の家族連《かぞくづ》れが通《とお》りすぎた。

お父《とう》さん。お母《かあ》さん。真《ま》ん中《なか》には、三歳《さい》くらいの、小《ちい》さな男《おとこ》の子《こ》。

とたんに、二鳥《にとり》ちゃんは、その家族連《かぞくづ》れをじっと見《み》つめて……。

「………」

どうしちゃったんだろう。二鳥《にとり》ちゃん、だまっちゃった。

何《なに》かを思《おも》いだしているような、うつろな、陰《かげ》のある目《め》をしてる。

「……やっぱり、ええわ」

ぽつりとつぶやいた二鳥《にとり》ちゃんは、一花《いちか》ちゃんたちの方《ほう》へ、てくてくともどっていった。

背中《せなか》が、なんだかしょんぼりして見《み》えたけど……。

もしかして、養子《ようし》のお家《うち》でのことを思《おも》いだしちゃったのかな。

それにしたって、どうして、あの家族《かぞく》連《づ》れだったんだろう？

周《まわ》りには、私《わたし》たちと同《おな》じくらいの歳《とし》の女《おんな》の子《こ》と両親《りょうしん》だって歩《ある》いていたよね……？

なんでなのかな……？　そう考《かんが》えこむと、自然《しぜん》と下《した》を向《む》いてしまう。

私《わたし》たちは育《そだ》った場所《ばしょ》がちがうから、それぞれ胸《むね》にかかえている思《おも》い出《で》だってちがうんだ。

今《いま》みたいなとき、何《なに》を考《かんが》えているかわからないのは、仕方《しかた》がないのかも。

ああ、でもでもっ。

もっともっと、二鳥《にとり》ちゃんのことも一花《いちか》ちゃんのことも四月《しづき》ちゃんのことも、知《し》りたいなぁ。

そうすればきっと、もっと仲《なか》のいい家族《かぞく》になれるはずだもん。

私《わたし》は強《つよ》くこぶしをにぎった。


その日《ひ》の夜《よる》。夕《ゆう》ごはんを食《た》べおわったころ。

居間《いま》でくつろぐお姉《ねえ》ちゃんたちに、私《わたし》は声《こえ》をかけた。

「あのね、見《み》せたいものがあるんだ♪　じゃじゃーん！」

持《も》っていた紙袋《かみぶくろ》の中身《なかみ》を一度《いちど》に取《と》りだすと、

「「わっ、かわいい！」」

サプライズ大成功《だいせいこう》っ。

お姉《ねえ》ちゃんたち、同時《どうじ》にさけんでびっくりしてる。

私《わたし》が取《と》りだしたのは——おそろいの座布団《ざぶとん》カバー！

「えへへ……デパートで別行動《べつこうどう》したときに、買《か》ったんだ。『和《わ》モダン』な柄《がら》にしてみましたっ」

ピンクの桜模様《さくらもよう》のカバーは、一花《いちか》ちゃん。

赤《あか》い鹿《か》の子《こ》しぼりのカバーは、二鳥《にとり》ちゃん。

水色《みずいろ》の青海波文様《せいがいはもんよう》のカバーは、私《わたし》・三風《みふ》。

そして、紫色《むらさきいろ》の矢絣文様《やがすりもんよう》のカバーは、四月《しづき》ちゃん。

「和室《わしつ》にぴったりや！　パステルカラーやから、渋《しぶ》すぎひんし」

「三風《みふ》、よくこんないいの見《み》つけたわね。っていうかお金《かね》……足《た》りなかったでしょ？」

「えへへ……実《じつ》はね」

デパートでこっそり一花《いちか》ちゃんに「座布団《ざぶとん》カバーを買《か》いたい」ってお願《ねが》いしたあと。

私《わたし》が向《む》かったのは、百円《えん》ショップ。

大《おお》きめの和柄《わがら》風呂敷《ふろしき》を買《か》って、元々《もともと》持ってたハギレとぬいあわせて作《つく》ったんだ。

風呂敷《ふろしき》なら、布《ぬの》のはしがほつれてこないからぬいやすいしね。

だからお金《かね》は十分《じゅうぶん》足《た》りたんだよ。

「帰《かえ》ってから部屋《へや》で何《なに》かこそこそやってるなと思《おも》ってたら、これだったのね？」

「さすがやなあ～！　元手芸《もとしゅげい》クラブなだけあるわ！」

座布団《ざぶとん》カバーは大好評《だいこうひょう》。なんだか照《て》れちゃうな。

施設《しせつ》にいたころは、寝具《しんぐ》やカーテンは、決《き》められたものを使《つか》うしかなかったっけ。

でも、この家《いえ》では、好《す》きなインテリアをそろえるのも楽《たの》しみのひとつ。

自分《じぶん》たちだけのお気《き》に入《い》りのものが増《ふ》えていくのって、なんだかうれしいよね。

「……やっぱり三風《みふ》は、居間《いま》で正解《せいかい》ね」

ふと、一花《いちか》ちゃんがつぶやいた。

「当番《とうばん》を決《き》めたときも、今日《きょう》ノートを買《か》ったときだって、陰《かげ》でまとめてくれたのは、いつも三風《みふ》だったし……なんていうか、三風自体《みふじたい》が、みんなが集《あつ》まれる居間《いま》みたいな存在《そんざい》ね」

そんなことを言《い》われたら、うれしくて、口元《くちもと》がむずむずしちゃうよ。

私《わたし》……自分《じぶん》には得意《とくい》なことなんて何《なに》もないって、思《おも》ってたのに。

「ありがとう、お姉《ねえ》ちゃん！」

居間《いま》を、みんながもっとくつろげる場所《ばしょ》にしよう。家族《かぞく》のために、がんばるぞ！

私《わたし》は両手《りょうて》のこぶしを、思《おも》いきりのびをするようにつきあげた。

ちょうどそのとき、

「……………あの……」

四月《しづき》ちゃんが、居間《いま》に顔《かお》をのぞかせた。

パジャマ姿《すがた》だから、今《いま》まで一人《ひとり》でお風呂《ふろ》に入《はい》ってたのかな。

手《て》に持《も》っているのは、二通《つう》の手紙《てがみ》。

「あっ、郵便受《ゆうびんう》け、見《み》てくれたんだね。ありがとう！」

四月《しづき》ちゃんは、家《いえ》の外《そと》の担当《たんとう》だから、門扉《もんぴ》についてる郵便受《ゆうびんう》けもよくチェックしてくれるんだ。

私《わたし》は手紙《てがみ》を受《う》けとった。

「一通《いっつう》は、一花《いちか》ちゃんあてだよ」

差出人《さしだしにん》は「小畑勇次郎《こばたゆうじろう》・愛子《あいこ》」……一花《いちか》ちゃんの里親《さとおや》さんだ。

封筒《ふうとう》の裏《うら》には《千草《ちくさ》から一花《いちか》へ手紙《てがみ》が来《き》ていたので転送《てんそう》します》と書《か》きそえてある。

「あら……。ありがとう」

一花《いちか》ちゃんは手紙《てがみ》を大事《だいじ》そうに受《う》けとると、何《なに》も言《い》わず、すぐポケットにしまった。

「もう一通《いっつう》はだれあてなん？」

「それが……なんだろう？　この手紙《てがみ》……」

封筒《ふうとう》の裏《うら》も表《おもて》も、真《ま》っ白《しろ》。差出人《さしだしにん》の名前《なまえ》が、どこにもない。

不思議《ふしぎ》に思《おも》いながら、私《わたし》は封《ふう》を切《き》った。

姉妹《しまい》みんなが注目《ちゅうもく》する中《なか》、出《で》てきたのは、二《ふた》つ折《お》りにされた便《びん》せん一枚《まい》。

開《ひら》いて、一行目《ぎょうめ》に書《か》かれてる文字《もじ》を見《み》て──私《わたし》たちの時《とき》が止《と》まった。

《私《わたし》はあなたたちのお母《かあ》さんです》

──ドクンッ

意味《いみ》を理解《りかい》したとたん──。

まるでだれかに引《ひ》っぱたかれたように心臓《しんぞう》が大《おお》きく脈打《みゃくう》ち、指先《ゆびさき》までビリッとふるえた。

便《びん》せんを取《と》りおとしそうになるのをなんとかこらえようと、指《ゆび》に力《ちから》をこめる。

すると今度《こんど》は、いきおい余《あま》って破《やぶ》きそうになる。

自分《じぶん》の体《からだ》が、自分《じぶん》のものじゃなくなってしまったみたい。

体《からだ》は火《ひ》にあぶられるように熱《あつ》いのに、頭《あたま》はしんと冷《ひ》えきっている。

《長《なが》い間《あいだ》、何《なん》の連絡《れんらく》もしなくて、ごめんね。お母《かあ》さんもさみしくなってきて、自分《じぶん》の子《こ》どもといっしょに暮《く》らしたいと思《おも》うようになりました》

いつの間《ま》にか、姉妹全員《しまいぜんいん》が、手紙《てがみ》を食《く》い入《い》るように見《み》つめてた。

おびえ、とまどい、おどろき、期待《きたい》……いろんな感情《かんじょう》のこもった視線《しせん》が、無言《むごん》で便《びん》せんに注《そそ》がれる。

聞《き》こえるのは、自分《じぶん》の心臓《しんぞう》の音《おと》だけだ。

《できれば四人全員《にんぜんいん》を引《ひ》きとりたいのだけど、お母《かあ》さんにも都合《つごう》があって、そうはできないの。せめて、あなたたちのうち、一番《いちばん》かわいそうな子《こ》を、一人《ひとり》だけ引《ひ》きとってあげたいと思《おも》っているわ。近《ちか》いうちにむかえに行《い》きます。楽《たの》しみにしていてね。あなたたちの、お母《かあ》さんより》

読《よ》みおわると、部屋《へや》は再《ふた》び、時間《じかん》が止《と》まったかのような静《しず》けさにつつまれた。

「何《なん》やこれ………。………お母《かあ》さん？」

二鳥《にとり》ちゃんの口元《くちもと》は笑《え》みの形《かたち》にゆがんで、目《め》はゾッとするほどこおりついている。

「イタズラかしら？」

いつもは優《やさ》しい雰囲気《ふんいき》の一花《いちか》ちゃんも、するどい目《め》つきで低《ひく》くつぶやく。

「な………なん、でっ……!?」

私《わたし》はもうパニックになっちゃって、息《いき》がつまって、目《め》の奥《おく》がジワッと熱《あつ》くなって……。

こんな気持《きも》ち、生《う》まれて初《はじ》めて。心《こころ》が今《いま》にも破裂《はれつ》しそうだよ。

「お母《かあ》さん？　私《わたし》たちの？　ウソでしょ？　だってこんな……だってどうして……っ」

便《びん》せんと封筒《ふうとう》が、ふるえる手《て》からすべり落《お》ちた。

四月《しづき》ちゃんは封筒《ふうとう》を拾《ひろ》いあげると、表面《ひょうめん》をなでたり光《ひかり》にすかしたりして、慎重《しんちょう》に調《しら》べている。

「……切手《きって》がありません。直《じか》に郵便《ゆうびん》受《う》けに入《い》れたんですね……」

小《ちい》さな声《こえ》がぽつりとひびき、私《わたし》はハッと息《いき》をのんだ。

「私《わたし》たちが買《か》い物《もの》に行《い》っている間《あいだ》に、お母《かあ》さんは、うちをたずねてきていたの……!?」

何《なに》か、何《なに》かほかに手《て》がかりとか……!?

私《わたし》がもう一度《いちど》手紙《てがみ》を確認《かくにん》しようとした、次《つぎ》の瞬間《しゅんかん》。

「**……なんやねん！　都合《つごう》って！**」

――クシャクシャッ！　ビリビリビリッ！

止《と》めるヒマも、手《て》を引《ひ》く間《ま》すらなかった。

「に、二鳥《にとり》ちゃん……！　なんで、お母《かあ》さ――」

「イタズラや！　イタズラに決《き》まってる！」

私《わたし》の言葉《ことば》をさえぎって、二鳥《にとり》ちゃんは細《こま》かく破《やぶ》った手紙《てがみ》をゴミ箱《ばこ》にたたきこんだ。

「な…………なんで、そんなことするの……!?」

悲《かな》しくて、びっくりして、こらえていた涙《なみだ》が、流《なが》れでてしまう。

あわてて手《て》でぬぐって、ほかの二人《ふたり》に助《たす》けを求《もと》めようとしたけど、

「そうね……イタズラよね」

一花《いちか》ちゃんは、あっさりそう言《い》うと、部屋《へや》を出《で》て二階《かい》へ上《あ》がって。

四月《しづき》ちゃんも、何《なに》も言《い》わず自分《じぶん》の部屋《へや》に引《ひ》っこんじゃった。

二鳥《にとり》ちゃん、どうしちゃったの……どうしてあんなに怒《おこ》ったの？

一花《いちか》ちゃんも四月《しづき》ちゃんも……何《なに》か言《い》ってくれたって、いいじゃない……。

私《わたし》……途方《とほう》に暮《く》れて、手紙《てがみ》が捨《す》てられたゴミ箱《ばこ》を、ただ見《み》つめることしかできなかった。


その夜《よる》。

「……ねむれないや」

布団《ふとん》に入《はい》っても、手紙《てがみ》のことが——手紙《てがみ》の送《おく》り主《ぬし》のことが、ずっと頭《あたま》から離《はな》れなかった。

——お母《かあ》さん。

どんな人《ひと》なんだろう。

ずっとずっと会《あ》いたかったはずなのに。

あの手紙《てがみ》には、苦《くる》しさしか感《かん》じない。

——《一番《いちばん》かわいそうな子《こ》を、一人《ひとり》だけ引《ひ》きとってあげたいと思《おも》っているわ》

一番《いちばん》かわいそうな子《こ》って、だれ？

どうして一人《ひとり》だけ……。

イタズラだって、お姉《ねえ》ちゃんたちは言《い》ってた。

だけど、本当《ほんとう》にそうなのかな。

だって、私《わたし》たちがみんな親《おや》のいない子《こ》で、この家《いえ》で四人《にん》だけで暮《く》らしてるってことは、限《かぎ》られた人《ひと》しか知《し》らないはずなのに……。

さまざまな考《かんが》えが浮《う》かんではにごり、ねばついたヘドロのように心《こころ》を汚《よご》していく。

「…………あぁ〜……」

思考《しこう》は堂々《どうどう》めぐり。いくら考《かんが》えても、答《こた》えが出《で》ないよ。

「水《みず》でも飲《の》んで、落《お》ちつこう……」

私《わたし》は布団《ふとん》から起《お》きあがり、一階《かい》のろうかに下《お》りた。

夜《よる》はしんと静《しず》かで、暗《くら》くて……ちょっと怖《こわ》いな。

そのとき、

――ガチャ
玄関《げんかん》の開《ひら》く音《おと》！

「だ……だれっ!?」

まさか、お母《かあ》さん!?

心臓《しんぞう》が、すごい速《はや》さで脈《みゃく》を打《う》ちだした。

さけびたいくらいなのに、体《からだ》がふるえて声《こえ》が出《で》ない……っ！

ドアはゆっくり……ゆっくりと開《ひら》いていく。

入《はい》ってきたのは、

「……三風《みふ》、起《お》きてたの？」

なんと、一花《いちか》ちゃんだった。

「い、一花《いちか》ちゃん!?　どこ行《い》ってたの？」

「ねむれなくって……その辺《へん》をふらっと、散歩《さんぽ》」

一花《いちか》ちゃんにウソをついている様子《ようす》はない。

でも、夜《よる》に一人《ひとり》で出歩《である》くなんて、絶対《ぜったい》おかしいよ。

「こんな夜中《よなか》に危《あぶ》ないよ！」

「大丈夫《だいじょうぶ》よ」

「だっ、大丈夫《だいじょうぶ》じゃないよっ。ダメだよ！　もう絶対《ぜったい》しないでね！」

「……そうね。わかったわ。ごめんなさい。……ふぁ……」
言葉《ことば》とうらはらに、一花《いちか》ちゃんはまったく悪《わる》びれる様子《ようす》がない。
あくびをかみ殺《ころ》しながら、階段《かいだん》を、トン、トン、トン、と上《あ》がっていった。
こんな夜遅《よるおそ》く、一人《ひとり》で散歩《さんぽ》なんて、私《わたし》にはできないし、したいとも思《おも》わない。
やっぱり、見《み》た目《め》はそっくりでも、私《わたし》たち、中身《なかみ》は全然《ぜんぜん》ちがうんだ……。
心《こころ》の底《そこ》に、冷《つめ》たい何《なに》かがふりつもっていく気《き》がする。
台所《だいどころ》で一口水《ひとくちみず》を飲《の》んで、部屋《へや》にもどろうとしたとき、ふと気《き》がついた。
そういえば、一花《いちか》ちゃんにも手紙《てがみ》が来《き》てたよね……？
一花《いちか》ちゃんの手紙《てがみ》には、なんて書《か》いてあったんだろう。
それも、少《すこ》しだけ気《き》になった。

9　僕《ぼく》は家族《かぞく》になれない

翌朝《よくあさ》。

「三風《みふ》ちゃん三風《みふ》ちゃん、今日《きょう》はうちと同《おな》じ髪型《かみがた》にしてみいひん？」

朝食《ちょうしょく》を食《た》べおわったころ、二鳥《にとり》ちゃんがそんなことを言《い》いだした。

「えーっ、ツインテール？　私《わたし》に似合《にあ》うかなぁ？」

「似合《にあ》うに決《き》まってるやん！　同《おな》じ顔《かお》なんやもん」

牛乳《ぎゅうにゅう》をふきだしそうになった私《わたし》に、二鳥《にとり》ちゃんはケラケラ笑《わら》った。

「ややこしくなるからやめてちょうだい」

食器《しょっき》を流《なが》しに運《はこ》びながら、一花《いちか》ちゃんも面白《おもしろ》そうに肩《かた》をすくめる。

「あんたたち、中身《なかみ》はともかく、見《み》た目《め》は一番《いちばん》似《に》てるんだから、見分《みわ》けられなくなっちゃうわ」

「だからおもろいんやんか！」

二鳥《にとり》ちゃんはへこたれず、にひひっ、と笑《わら》って、自分《じぶん》のツインテールを持《も》ちあげてみせた。

二人《ふたり》とも、昨日《きのう》のことがウソみたいに、いつもと変《か》わらない。

ううん、それどころか、いつにも増《ま》して明《あか》るい気《き》がした。

もしかしたら、昨日《きのう》の手紙《てがみ》で不安《ふあん》になっている私《わたし》を、はげまそうとしてくれてるのかな。

「あ、いっそ四人《にん》みーんな同《おな》じ髪型《かみがた》にしたらどうやろ？」

「みーんなツインテール!?」

「そう！　めっちゃおもろいやん？　なあシヅちゃん？」

そうたずねた瞬間《しゅんかん》。

空気《くうき》が急《きゅう》に冷《ひ》え、辺《あた》りがしんとなった。

四月《しづき》ちゃんは無言《むごん》で、首《くび》を小《ちい》さく横《よこ》にふる。

それに合《あ》わせて、下《お》ろした黒髪《くろかみ》が静《しず》かにゆれた。

四月《しづき》ちゃんは、まだおそろいの髪飾《かみかざ》りを一度《いちど》もつけていない。

相変《あいか》わらず口数《くちかず》も少《すく》なくて、自分《じぶん》から何《なに》かを言《い》いだすことだって、ほとんどない。

「「…………」」

お姉《ねえ》ちゃんたちの表情《ひょうじょう》がくもって、私《わたし》の心《こころ》にも、不安《ふあん》の影《かげ》が落《お》ちた。

他人行儀《たにんぎょうぎ》な態度《たいど》だって、きっといつかは時間《じかん》が解決《かいけつ》してくれる。

そう信《しん》じていたけれど……もし、ずっとこんなままだったら、どうしよう……。

《申《もう》し訳《わけ》ありません。遅《おそ》くなります。夕《ゆう》ごはんは先《さき》に食《た》べてください》

そんな四月《しづき》ちゃんからのメッセージがスマホにとどいたのは、その日《ひ》の放課後《ほうかご》。

家《いえ》に帰《かえ》っていた私《わたし》と二鳥《にとり》ちゃんは、顔《かお》を見《み》あわせた。

「どないしたんやろシヅちゃん。部活《ぶかつ》とかも入《はい》ってへんやんな？」

「う、うん。だと思《おも》うけど……」

夕《ゆう》ごはんに間《ま》にあわないくらい遅《おそ》くなるなんて、今《いま》まで一度《いちど》もなかったことだよ？

私《わたし》たちがとまどっていると、

「ただいま。今日《きょう》は三風《みふ》の好《す》きなカレーよ」

買《か》い物袋《ものぶくろ》を手《て》にさげた一花《いちか》ちゃんが、明《あか》るい笑顔《えがお》で帰《かえ》ってきた。

でも、四月《しづき》ちゃんのことを伝《つた》えると、とたんに不安《ふあん》そうな顔《かお》になった。

力《ちから》なく、私《わたし》たちは居間《いま》の座布団《ざぶとん》にこしを下《お》ろす。

「……どないしたらシヅちゃんともっと仲《なか》ようなれるんやろ。最近《さいきん》めっちゃ距離感《きょりかん》じるやん。真《しん》剣《けん》に話《はな》しおうたらわかってくれるかなぁ」

二鳥《にとり》ちゃんがそうつぶやくと、一花《いちか》ちゃんが眉《まゆ》を下《さ》げてうつむいた。

「そういえば施設《しせつ》にいたとき……四月《しづき》みたいな子《こ》がいたわ」

「ほんま？　せやったら、仲《なか》ようなる方法《ほうほう》わかるんちゃうの？」

二鳥《にとり》ちゃんはパッと顔《かお》を明《あか》るくしたけど、一花《いちか》ちゃんはゆっくりと首《くび》を横《よこ》にふる。

「四月《しづき》はきっと……したくてああしてるんじゃないのよ。たぶん……心《こころ》を開《ひら》けない事情《じじょう》があるんだと思《おも》う。それは人《ひと》それぞれちがうし……話《はな》してくれるまではわからないわ」

心《こころ》を開《ひら》けない事情《じじょう》……。

それって、私《わたし》たちの力《ちから》じゃ、どうにもできないことなのかな？

聞《き》いてみたい。聞《き》かせてほしい。でも……。

「直接聞《ちょくせつき》くのは……きっと傷《きず》つけちゃう、よね」

私《わたし》が言《い》うと、一花《いちか》ちゃんはうなずいた。

「せやけど、いつまでもあんなふうやったらさみしいわ。シヅちゃん、いっつも遠慮《えんりょ》してるみたいやし……昨日《きのう》も『お風呂《ふろ》いっしょに入《はい》ろ』って言《い》うても『いいです一人《ひとり》で入《はい》ります』って」

「あ、私《わたし》も、おととい断《ことわ》られちゃったよ」

「えっ、三風《みふ》も？」

四人《にん》で暮《く》らすようになってすぐ、お風呂《ふろ》はできるだけ姉妹《しまい》いっしょに入《はい》ろう、って決《き》めたの。二鳥《にとり》ちゃんが「ハダカのつきあいは大事《だいじ》やで」って言《い》いだして、一花《いちか》ちゃんも「ガス代《だい》の節約《せつやく》になるものね」って賛成《さんせい》したからね。

だけど、四月《しづき》ちゃんは、だれともいっしょにお風呂《ふろ》に入《はい》ったことがないんだ……。

「はぁ……どないしたらええんやろ」

二鳥《にとり》ちゃんはうなだれ、私《わたし》もだまりこむ。

一花《いちか》ちゃんは言《い》いにくそうに、口《くち》を開《ひら》いた。

「きっと……四月《しづき》にすらどうにもできないことなんだと思《おも》うの。あの子《こ》、学校《がっこう》でもいつも一人《ひとり》だし、友達《ともだち》いないみたいでしょ。こないだ、それを聞《き》いたら……四月《しづき》、なんて言《い》ったと思《おも》う？」

一度言葉《いちどことば》を切《き》った一花《いちか》ちゃんが、声《こえ》をひそめる。

「『友達《ともだち》は作《つく》らないって決《き》めてるんです』って……！」

「「……！」」

元々静《もともとしず》かだった居間《いま》が、さらにしいんと静《しず》まりかえった。

「それで私《わたし》、思《おも》っちゃったの。四月《しづき》の言《い》う『友達《ともだち》』に、私《わたし》たちも入《はい》ってるのかな、って」

「わ……私《わたし》たちは『家族《かぞく》』でしょ!?」

私《わたし》、おどろいて、思《おも》わずさけんでた。

「そうよ。家族《かぞく》よ」

一花《いちか》ちゃんは縁側《えんがわ》の向《む》こうに目《め》を向《む》ける。

そこに見《み》えるのは、のび放題《ほうだい》だった雑草《ざっそう》がぬかれ、すっかりきれいになった庭《にわ》だ。

四月《しづき》ちゃんが、してくれたんだよね……。

血《ち》がつながってて、ひとつの家《いえ》に住《す》んでて、同《おな》じ学校《がっこう》に通《かよ》い、家事《かじ》だってちゃんと分担《ぶんたん》してる。

私《わたし》たち……だれがどう見《み》ても家族《かぞく》だよ。なのに……。

「とりあえず、静《しず》かに見守《みまも》った方《ほう》がいいと思《おも》うわ」

「でも……何《なに》もできひんのは、やっぱりイヤやわ」

「それは、そうかもしれないけど……」

「なあ、三風《みふ》ちゃんはどないしたらええと思《おも》う?」

「そうね、三風《みふ》ならいいアイデアがあるんじゃない?」

「えっ、えっと……」

今度《こんど》ばかりは、私《わたし》も二人《ふたり》を納得《なっとく》させられるようなアイデアが出《で》そうにない。

どうすればいいんだろ……。

必死《ひっし》に頭《あたま》をひねっていると、

――ピロン
三人《にん》のスマホが、同時《どうじ》に鳴《な》った。

《メール一件《けん》・自立練習計画実行委員会《じりつれんしゅうけいかくじっこういいんかい》　今週《こんしゅう》の自立《じりつ》ミッション》

「……こんなときに課題《かだい》だわ」

正直今《しょうじきいま》は、それどころじゃないよ……そう思《おも》いながらメールを開《ひら》いたんだけど。

《自立《じりつ》ミッション・四人《にん》でおそろいのものを身《み》につけよう》

「「「おそろい……」」」

全員《ぜんいん》、メールを見《み》つめたまま、だまって考《かんが》えこむ。

心《こころ》の声《こえ》までは聞《き》こえないけど、お姉《ねえ》ちゃんたちも今朝《けさ》のことを思《おも》いだしているにちがいない。

私《わたし》だって、四月《しづき》ちゃんにおそろいの髪飾《かみかざ》り、つけてほしいよ。

「……やって、みようよ。少《すこ》しは何《なに》かが、変《か》わるかも」

思《おも》いきってそう言《い》ってみた。すると、

「せやな！　きっかけ、作《つく》ってあげようさ」

「見守《みまも》るだけじゃ、変《か》わらないかもしれないものね」

二人《ふたり》もゆっくり顔《かお》を上《あ》げてくれた。

「まずは、四月《しづき》ちゃんの好《す》きなものを聞《き》きだすことから始《はじ》めてみたらどうかな？」

「それ、いいわね。考《かんが》えてみたら、四月《しづき》の好《す》きなもの……まだひとつも知《し》らないわ」

「せやな。好《す》きなもんやったら話題《わだい》にしやすいし、いろんな話《はなし》したら、仲《なか》ようなれるやろうし」

「おそろいの髪飾《かみかざ》りだって、きっとつけてくれるようになるよね！」

私《わたし》たち、同《おな》じ顔《かお》を見《み》あわせて、同時《どうじ》に力強《ちからづよ》くうなずいた。

うまくできるかどうかわからないけど、やってみよう。

かわいい末《すえ》っ子《こ》の妹《いもうと》のために。


次《つぎ》の日《ひ》の朝《あさ》。

「ねえ四月《しづき》、今日《きょう》はデザートがあるの。ヨーグルトよ」

一花《いちか》ちゃんが冷蔵庫《れいぞうこ》から取《と》りだしたのは、四つつながったヨーグルトだ。

味《あじ》は、ストロベリー、ブルーベリー、ピーチ、プレーンの四種類《しゅるい》。

私《わたし》たち、いつも節約《せつやく》を心《こころ》がけているから、そのヨーグルトはちょっとしたぜいたく品《ひん》なんだ。

「シヅちゃんはどれが好《す》き？　どれでもひとつ選《えら》び！」

二鳥《にとり》ちゃんは、四月《しづき》ちゃんに真《ま》っ先《さき》に選《えら》んでもらおうと、ヨーグルトを差《さ》しだした。

でも、

「……なんでもいいです」

四月《しづき》ちゃん、ぼそっとつぶやいて、うつむいちゃった。

「遠慮《えんりょ》しないで。好《す》きなの選《えら》んでいいのよ、四月《しづき》」

「そ、そうだよ、四月《しづき》ちゃん。好《す》きなの取《と》ってよ」

一花《いちか》ちゃんも私《わたし》も、ほほえみかけてみたけど、

「……本当《ほんとう》に……あの……なんでもいいです」

四月《しづき》ちゃんはかたくなだ。

なんだか、私《わたし》たちが優《やさ》しくすればするほど、心《こころ》を閉《と》ざしちゃうみたい。

本当《ほんとう》はもっと、ねばりづよく寄《よ》りそってあげたいなって、思《おも》うんだけど……。

時間《じかん》のない朝《あさ》は、どうしてもむずかしいんだよね。

「……ほんならうちイチゴ！」

早《はや》い者勝《ものが》ちとばかりに、二鳥《にとり》ちゃんはストロベリーを取《と》って、

「あっ……じゃ私《わたし》、桃《もも》」

一花《いちか》ちゃんもピーチを取《と》る。

「えっ、えっ、あ……」

私《わたし》は出遅《でおく》れながらも、

「……じゃ、じゃあ私《わたし》、プレーン……」

四月《しづき》ちゃんの方《ほう》をちらちら見《み》ながら、情《なさ》けなくつぶやいてしまった。

こんなんじゃダメだなぁ。次《つぎ》は、私《わたし》から話《はな》しかけてみよう……！


その日《ひ》、学校《がっこう》から帰《かえ》ってきて、さっそくチャンスはやってきた。

「ただいまー。あーお腹《なか》すいたわー。なんかなかった？」

「ミニドーナツならあるわよ」

今《いま》だ！

私《わたし》はさっそくドーナツの箱《はこ》を食堂《しょくどう》の棚《たな》から取《と》ってきて、

「四月《しづき》ちゃん、おやつはミニドーナツだよ。チョコとプレーン、どっちがいい？」

一番《いちばん》に四月《しづき》ちゃんに差《さ》しだした。だけど、

「……どっちでもいいです……」
四月《しづき》ちゃんは困《こま》ったようにそう言《い》うと、自分《じぶん》の部屋《へや》に引《ひ》っこんじゃった。
「僕《ぼく》はいいです」「なんでもいいです」「どっちでもいいです」――
何《なに》かにつけて、そう答《こた》えてしまう気持《きも》ち、わからないわけじゃないよ。
私《わたし》だって、施設《しせつ》にいるときは、そういうところ、あったから……。
「手《て》のかかる子《こ》」「わがままな子《こ》」「自己主張《じこしゅちょう》の激《はげ》しい子《こ》」――
そんなふうに思《おも》われて、きらわれて、居場所《いばしょ》を失《うしな》いたくなくて。
「これがいいな」と思《おも》っていても、つい「なんでもいい」と言《い》ってしまうの。
でも、ここでは遠慮《えんりょ》しなくていいんだよ。
私《わたし》たちは家族《かぞく》なんだもん。家族《かぞく》という居場所《いばしょ》は、なくなったりしないでしょ？
だから、ちゃんと「これがいい」「あれはイヤ」って言《い》ってほしいよ。
それが、家族《かぞく》になる、第一歩《だいいっぽ》のような気《き》がする。

その夜《よる》。
夕飯《ゆうはん》を食《た》べおわったころ、タイミングを見計《みはか》らったように、二鳥《にとり》ちゃんが大《おお》きな声《こえ》で言《い》った。

「テレビ見《み》よか！　シヅちゃん、たまには好《す》きなチャンネル選《えら》びよ。何見《なにみ》たい？」

「僕《ぼく》は……なんでも」

「そんなこと言《い》わんと、ほら！」

二鳥《にとり》ちゃんは四月《しづき》ちゃんの手《て》を取《と》ると、ぎゅ、とリモコンをにぎらせた。

わわっ、ちょっと強引《ごういん》？

あっ、でも、ひょっとしたら強引《ごういん》なくらいがちょうどいいのかも。

そのリモコンのボタンを押《お》して、四月《しづき》ちゃん……！

そうすれば、家族《かぞく》への一歩《いっぽ》がふみだせるから。

私《わたし》たち、息《いき》をつめて見守《みまも》った。

四月《しづき》ちゃんはとまどった様子《ようす》で、手《て》の中《なか》のリモコンをじっと見《み》つめて……。

「……あの……僕《ぼく》……なんでも、いいです」

いつもと変《か》わらない調子《ちょうし》でつぶやいて、リモコンを二鳥《にとり》ちゃんに返《かえ》してしまった。

やっぱり、今度《こんど》もダメ……。

小《ちい》さなため息《いき》をつこうとした、その瞬間《しゅんかん》、

——ダンッ！

「ええかげんにしいや！」

乱暴《らんぼう》にリモコンを置《お》いて、二鳥《にとり》ちゃんがさけんだ。

「なんでシヅちゃんはいっつもいっつも自分《じぶん》の意見《いけん》を言《い》わへんの？　家族《かぞく》やのに！」

「やめて!!」

すぐに一花《いちか》ちゃんが一喝《いっかつ》して、止《と》めに入《はい》る。

それから、力強《ちからづよ》く、優《やさ》しい口調《くちょう》で、こう語《かた》りかけた。

「ねえ四月《しづき》。あのね、遠慮《えんりょ》しないで、自分《じぶん》の思《おも》ってることを言《い》っていいのよ？　私《わたし》たちは、姉《し》妹《まい》なんだもの。家族《かぞく》になって、自立《じりつ》するために、ここにこうして集《あつ》まったんだもの」

その瞬間《しゅんかん》、四月《しづき》ちゃんの目《め》が大《おお》きく開《ひら》かれた。

あっ、わかってくれた……!?

私《わたし》たちの心《こころ》に、小《ちい》さな希望《きぼう》がともる。

ところが、四月《しづき》ちゃんはほとんど吐息《といき》と変《か》わらないような、小《ちい》さな声《こえ》をもらした。

「…………僕《ぼく》は、逃《に》げるためだ……」

「えっ？」

逃《に》げるため？

それってどういうこと？

思《おも》わず口《くち》を開《ひら》きかけたそのとき、

「僕《ぼく》は、家族《かぞく》になれない……っ」

四月《しづき》ちゃんは、ふりしぼるように言《い》いきって、すばやく部屋《へや》を出《で》ていってしまった。

10　家族《かぞく》って何《なに》？

――「僕《ぼく》は、家族《かぞく》になれない……っ」

四月《しづき》ちゃんの言葉《ことば》が、あの夜《よる》からずっと、頭《あたま》の中《なか》をぐるぐる回《まわ》ってる。

放課後《ほうかご》の教室《きょうしつ》で、私《わたし》は一人《ひとり》ぽつんと自分《じぶん》の席《せき》に座《すわ》って、ため息《いき》をもらしていた。

授業中《じゅぎょうちゅう》でも、休《やす》み時間《じかん》でも、ここ数日《すうじつ》、気《き》がつけばそのことばかり思《おも》いだしちゃってる。

私《わたし》、初《はじ》めての家族《かぞく》ができて、本当《ほんとう》にうれしかったのに……。

四月《しづき》ちゃんは、うれしいとかいう以前《いぜん》に「家族《かぞく》になれない」と思《おも》っていたなんて。

私《わたし》たち「四月《しづき》ちゃんが早《はや》く心《こころ》を開《ひら》けるように」って思《おも》って、声《こえ》をかけてたけど……。

それが逆《ぎゃく》に、うっとうしかったのかな。

一花《いちか》ちゃんの言《い》っていたことも、すごく気《き》になる。

――『友達《ともだち》は作《つく》らないって決《き》めてるんです』

四月《しづき》ちゃん、どうしてそんなさみしいこと、言《い》うんだろう……。

ふと、何《なに》げなく窓《まど》から外《そと》を見《み》おろすと、
一花《いちか》ちゃんと二鳥《にとり》ちゃんが、ならんで下校《げこう》していくのが見《み》えた。

二人《ふたり》とも、なぜかちょっぴり早足《はやあし》で校門《こうもん》へ向《む》かっていく。

「あっ……」

これから買《か》いだしなのかな？

見《み》ていると、ふいに二鳥《にとり》ちゃんが一花《いちか》ちゃんにぐっと顔《かお》を寄《よ》せて、何《なに》かをささやいた。

とたんに、一花《いちか》ちゃんはクスクス笑《わら》いだして、さらに歩《あゆ》みを速《はや》めて……行《い》っちゃった。

なんだか……すっごく楽《たの》しそう……。

私《わたし》、うっすらさみしい気分《きぶん》になって、ため息《いき》をついた。

最近《さいきん》、お姉《ねえ》ちゃんたちはいつもいっしょ。

時々《ときどき》、二人《ふたり》だけでナイショの話《はなし》をしているみたいで……私《わたし》や四月《しづき》ちゃんが顔《かお》を出《だ》すと、パッと話《はなし》をやめてしまうことさえあるの。

「お姉《ねえ》ちゃんたちは、四月《しづき》ちゃんのこと、どう思《おも》ってるんだろう……」

「家族《かぞく》になれない」って言《い》われたあの夜以来《よるいらい》、二人《ふたり》は「四月《しづき》、四月《しづき》」って言《い》わなくなった。

ひょっとして、四月《しづき》ちゃんのこと、あきらめちゃったのかな。

そんなのって……悲《かな》しい。

家族《かぞく》って……あったかくて、みんな仲《なか》よしで、言《い》いたいことをなんでも言《い》いあえる……。

ケンカしたって、すぐ仲直《なかなお》りして、前《まえ》より仲《なか》よくなれる……。

そんな場所《ばしょ》だと思《おも》ってたのに。

ないしょ話《ばなし》のこともあるし、私《わたし》、最近《さいきん》お姉《ねえ》ちゃんたちにまで、距離《きょり》を感《かん》じちゃって——。

「ううん……！　距離《きょり》なんて、そんなのないよ。私《わたし》たちは家族《かぞく》だもん」

一人《ひとり》つぶやいて、ふるふるっ、と頭《あたま》をふった。

そのとき、

——ポンッ
「わぁっ！」

だれかに肩《かた》をたたかれた！

飛《と》びあがりそうになるのをこらえてふりむくと、

「み〜ふちゃん。えっへへ、びっくりした？」

そこにいたのは、イタズラっぽい笑《え》みを浮《う》かべた湊《みなと》くん。

教室《きょうしつ》でいつも顔《かお》を合《あ》わせてるけど、ふいをつかれるとドキッとしちゃう。

「も……もぉっ、びっくりしたぁ……！」

私《わたし》、ちょっと怒《おこ》ったふりをしてみたけど、緊張《きんちょう》してるの、ごまかせたかな？

「ふふっ、ごめんねっ。見《み》せたいものがあってさ」

そう言《い》ってカバンを開《あ》け、湊《みなと》くんが取《と》りだしたのは、正方形《せいほうけい》の大《おお》きな本《ほん》。

「図書室《としょしつ》で借《か》りてきたんだ。この写真集《しゃしんしゅう》、知《し》ってる？『ペンギンといっしょに暮《く》らす街《まち》』」

「ペンギン……!?　わぁっ、かわいい……！」

「でしょ？　三風《みふ》ちゃん、カバンにペンギンつけてるから、好《す》きかなと思《おも》ってさ」

湊《みなと》くんは私《わたし》の通学《つうがく》カバンを指《ゆび》さした。

そこについているペンギンのマスコットは、昔《むかし》、施設《しせつ》で水族館《すいぞくかん》へ遠足《えんそく》に行《い》ったとき、どうしてもほしくなって、少《すく》ないおこづかいを出《だ》して買《か》った、お気《き》に入《い》りのもの。

——見《み》ててくれたんだ。

さりげない気《き》づかいに、うれしさがじんわりと体《からだ》じゅうをめぐって、心《こころ》がふわっと軽《かる》くなる。

すすめられるまま、写真集《しゃしんしゅう》のページをめくると、

『南《みなみ》の国《くに》にいる、ケープペンギンは、街《まち》で、人間《にんげん》といっしょに暮《く》らしています』

そんな一文《いちぶん》に続《つづ》いて、現実《げんじつ》とは思《おも》えないような写真《しゃしん》がならんでいた。

家《いえ》の庭《にわ》、垣根《かきね》の中《なか》、自動販売機《じどうはんばいき》の裏《うら》などに巣《す》を作《つく》るペンギンたち。

この街《まち》には、野良猫《のらねこ》と同《おな》じように、ペンギンが暮《く》らしているんだ。

私《わたし》は夢中《むちゅう》でページをめくる。

手《て》が止《と》まったのは、女《おんな》の子《こ》とペンギンが浅瀬《あさせ》で水遊《みずあそ》びをしている、見開《みひら》きのページ。

「かわいい……！」

思《おも》わず、笑《え》みがこぼれたとき。

「やっと笑《わら》った」

耳《みみ》の真横《まよこ》から、湊《みなと》くんの声《こえ》がした。

顔《かお》を上《あ》げると、すぐそばに、こちらを見《み》つめる優《やさ》しい瞳《ひとみ》があった。

「三風《みふ》ちゃんは、笑《わら》ってた方《ほう》がいいよっ」

ニコッ、と明《あか》るい笑顔《えがお》を向《む》けられた瞬間《しゅんかん》、ぽっ、とほおが熱《ねつ》を持《も》つ。

湊《みなと》くん、いつの間《ま》にか自分《じぶん》のイスを移動《いどう》させてきて、私《わたし》のすぐとなりに座《すわ》ってたの。

だれもいない教室《きょうしつ》で、二人《ふたり》きり。

体《からだ》がほんの少《すこ》しでもかたむけば、ふれあってしまう近《ちか》さ。

どう返事《へんじ》をしていいか、わからないよ。

何《なに》を言《い》っても、変《へん》になっちゃいそうだもん。

そのまま固《かた》まっていたら、湊《みなと》くんが少《すこ》し眉《まゆ》を下《さ》げた。

「三風《みふ》ちゃんさ、最近《さいきん》ずっと元気《げんき》なかったでしょ」

「え……そうかな」

「そうさ。授業中《じゅぎょうちゅう》もぼんやりしてるみたいだったし、心配《しんぱい》してたんだよ。何《なに》かあった？」

湊《みなと》くん……優《やさ》しい。

胸《むね》のドキドキが、だんだん、あたたかい気持《きも》ちに変《か》わっていく。

「あの……実《じつ》はね……四月《しづき》ちゃんと、なかなか、仲《なか》よくなれなくて……」

私《わたし》、思《おも》わず、かかえていたなやみを打《う》ちあけていた。

「……仲《なか》よく、なれなくて？」

「そうなの。出会《であ》ったときから、四月《しづき》ちゃん――」

「え？　出会《であ》ったとき？」

コテンと首《くび》をかしげられて、ハッとした。

いけない！　湊《みなと》くん、私《わたし》たちの事情《じじょう》を知《し》らないんだった！

「あっ、あの……、えっと、ずーっと、昔《むかし》から、って意味《いみ》」

「ああ、なるほどね」

とっさにウソをついちゃって、胸《むね》がズキンと痛《いた》む。

もちろん、ウソなんかつきたくないよ。

でも……小学生《しょうがくせい》のころ、親《おや》がいないというだけで、イヤなことを言《い》われたり、変《へん》な目《め》で見《み》られたりしたことが、何度《なんど》かあったの。

本当《ほんとう》のことを話《はな》すのは、辛《つら》くて……怖《こわ》い。

「たしかに、四月《しづき》さん、内気《うちき》っていうか……学校《がっこう》でも、いつも一人《ひとり》だよね。おそろいの髪飾《かみかざ》りも、四月《しづき》さんだけはつけてないし」

そこまで気《き》づいていたなんて。

湊《みなと》くん、私《わたし》だけじゃなくて、私《わたし》たち姉妹《しまい》のことも、よく見《み》てくれてるんだ……。

私《わたし》たちが四《よ》つ子《ご》で、めずらしくて目立《めだ》つから？

それとも、私《わたし》の姉妹《しまい》だから、気《き》にかけてくれてたのかな？

……って、ああもう、何考《なにかんが》えてるんだろっ。今《いま》は四月《しづき》ちゃんの相談《そうだん》してるのに。

「そ、そうなの。それで『もっと、仲《なか》よくしようよ』みたいなことを、言《い》ったんだけど……」

「拒絶《きょぜつ》されちゃった？」

「そんな感《かん》じ……。なんだか気《き》まずくて……どうやったら仲直《なかなお》りできるかな……」

私《わたし》、そう言《い》いながらうつむいた。

ところが、湊《みなと》くんはなんでもないことのように笑《わら》って、イスにもたれ、軽《かる》く上《うえ》を向《む》いた。

「そっかー。よくあるけど、やっぱキツいよね、そういうの。うちも、三つ上《うえ》の姉《ねえ》ちゃんと、二つ下《した》の妹《いもうと》がいるんだけど、毎日《まいにち》ケンカでさ」

「姉《ねえ》ちゃん」「妹《いもうと》」「ケンカ」、という単語《たんご》に、私《わたし》、パッと顔《かお》を上《あ》げた。

「えっ、お姉《ねえ》さんと妹《いもうと》さんがいるの？」

「言《い》ってなかったっけ。俺《おれ》、三人《にん》きょうだいの真《ま》ん中《なか》なんだ」

「へぇーっ……！」

なんだか、うちと少《すこ》し家族構成《かぞくこうせい》が似《に》てるかも。

むくむく興味《きょうみ》がわいてきて、湊《みなと》くんの横顔《よこがお》をじっと見《み》つめる。

「ケンカって、どんなケンカ？」

たずねると、湊《みなと》くんは自分《じぶん》の髪《かみ》の毛《け》をさわりながら、口《くち》をとがらせた。

「うーん、例《たと》えば、姉《ねえ》ちゃんは朝《あさ》、洗面所《せんめんじょ》の鏡《かがみ》の前《まえ》から全《ぜん》っ然《ぜん》どかないんだ。おかげで俺《おれ》、いつも玄関《げんかん》の鏡《かがみ》で寝《ね》ぐせ直《なお》してて」

想像《そうぞう》したら、ちょっと笑《わら》っちゃった。

うちでも、一花《いちか》ちゃんと二鳥《にとり》ちゃんが、おんなじケンカをしてたなぁ。

――「もう二鳥《にとり》！　早《はや》くどいて！」

――「今《いま》はうちが使《つこ》てんの！　ほかにも鏡《かがみ》あるやろ！」

ひとつしかないものって、しょっちゅう取《と》りあいになるよね。

「妹《いもうと》は妹《いもうと》で反抗期《はんこうき》らしくて、ずっとスマホ見《み》てて、ほとんど口《くち》きかないし」

あっ、妹《いもうと》さんは、ちょっと四月《しづき》ちゃんっぽいかも……？

私《わたし》は思《おも》わず「それでそれで」と前《まえ》のめりになった。

「で、ある日《ひ》『いい加減《かげん》にしろ！』って姉《ねえ》ちゃんに怒《おこ》ったら『うるさい！』とかキレられて、大《おお》ゲンカになっちゃって。妹《いもうと》には『姉《ねえ》ちゃんも兄《にい》ちゃんも本当《ほんとう》ムリ。一生私《いっしょうわたし》の部屋《へや》に入《はい》ってこないで』とか言《い》われるし……」

ああ、ますます、四月《しづき》ちゃんっぽい。

「それで、それから？」

「それから、って？」

「どうしたら、仲直《なかなお》りできたの？」

「ええ……？　うーん……仲直《なかなお》り、っていうか……」

湊《みなと》くんはしばらくうなって、急《きゅう》にヘラっと笑《わら》った。

「きょうだいゲンカなんて、気《き》がつくと、元通《もとどお》りになってない？」

「へ？」

真剣《しんけん》に答《こた》えを待《ま》ってたのに……私《わたし》、カクン、と拍子《ひょうし》ぬけしてしまった。

「そ……そうなの？　本当《ほんとう》に、気《き》がつくと元通《もとどお》りになってるの？」

念《ねん》を押《お》すように聞《き》くと、湊《みなと》くんは明《あか》るく続《つづ》ける。

「うん。だって、家族《かぞく》なんだもん。普通《ふつう》そうでしょ」

……普通《ふつう》、そうでしょ……？

その言葉《ことば》で、私《わたし》の頭《あたま》の中《なか》は、いっぺんにぐちゃぐちゃになっちゃって。

足元《あしもと》の床《ゆか》がゆがんで、ぐにゃぐにゃ波《なみ》を打《う》っているような気《き》さえしてきた。

……普通《ふつう》……普通《ふつう》って……。

普通《ふつう》って……何《なに》？

11　やっぱり、私《わたし》は一人《ひとり》

湊《みなと》くんと別《わか》れた私《わたし》は、そのまま、教室《きょうしつ》で物思《ものおも》いにしずんでいた。
――「家族《かぞく》なんだもん。普通《ふつう》そうでしょ」
一人《ひとり》、イスの上《うえ》でひざをかかえ、湊《みなと》くんの言葉《ことば》を頭《あたま》の中《なか》で何度《なんど》もくりかえす。
普通《ふつう》の家族《かぞく》ってなんだろう。
そんなのわからない。
湊《みなと》くんには、生《う》まれつき、お父《とう》さんや、お母《かあ》さんや、きょうだいがいた。
だけど――私《わたし》は、一人《ひとり》だった。
家族《かぞく》なんて、いなかった。
そんな私《わたし》には、わからないのかなぁ……。
――キーンコーンカーンコーン……

急《きゅう》に鳴《な》ったチャイムに、ハッと顔《かお》を上《あ》げた。

あわてて時計《とけい》を見《み》ると、下校時刻《げこうじこく》はとっくに過《す》ぎてる。

さっきまで晴《は》れていたはずの空《そら》は、灰色《はいいろ》の厚《あつ》い雲《くも》におおわれていた。

「……帰《かえ》らなくちゃ……。……あ、その前《まえ》に」

私《わたし》のクラスは、教室《きょうしつ》を最後《さいご》に出《で》る人《ひと》が、掲示板《けいじばん》の日《ひ》めくりカレンダーをめくる決《き》まりなんだ。

べりっ、とカレンダーを一枚《まい》はがして、現《あらわ》れた日付《ひづけ》は「4月《がつ》25日《にち》」。

「あっ……！」

小《ちい》さく声《こえ》がもれた。

だって——明日《あした》は、私《わたし》たち四姉妹《よんしまい》の、十三歳《さい》の誕生日《たんじょうび》だったから。


カバンを肩《かた》にかけ、薄暗《うすぐら》いろうかをぬけていく。

ろうかを曲《ま》がると、左《ひだり》が昇降口《しょうこうぐち》。

右《みぎ》には、大《おお》きな鏡《かがみ》。

「——…………」

私《わたし》は、鏡《かがみ》の中《なか》の自分《じぶん》に目《め》を向《む》けた。

二本《ほん》の三《み》つ編《あ》み。

それをとめている、水色《みずいろ》の髪飾《かみかざ》り。

色《いろ》ちがいのおそろいで、いつも身《み》につけているそれは、姉妹《しまい》の証《あかし》みたいなもの。

明日《あした》には、私《わたし》たち、十三歳《さい》になるんだ……。

また一歩《いっぽ》、大人《おとな》へ近《ちか》づく日《ひ》。

なのに、四月《しづき》ちゃんと私《わたし》たちの距離《きょり》は、遠《とお》いまま？

十三歳《さい》になっても、姉妹《しまい》の証《あかし》をつけてくれないまま？

そんなのって、イヤだよ……！

胸《むね》の中《なか》にやるせなさが広《ひろ》がって、思《おも》わずぎゅっと目《め》をつむる。

どうにかして明日《あした》までに、私《わたし》たち、変《か》わらなくちゃ。

でも、どうしたらいいの……？

普通《ふつう》の家族《かぞく》なら、湊《みなと》くんの言《い》う通《とお》り「気《き》がつくと元通《もとどお》り」になっているのかもしれない。

だけど、普通《ふつう》じゃない、普通《ふつう》を知《し》らない家族《かぞく》は……——。

暗《くら》い気持《きも》ちで昇降口《しょうこうぐち》を出《で》ようとしたとき。

ふと、校門《こうもん》のそばに、黒《くろ》い車《くるま》が停《と》まっているのが目《め》に入《はい》った。

わ……ずいぶん大《おお》きな車《くるま》。だれかをむかえに来《き》たのかな。

助手席《じょしゅせき》にいるのは、女《おんな》の人《ひと》だ——顔《かお》は見《み》えない。

何《なに》げなく後部座席《こうぶざせき》に目《め》を向《む》けると、

「えっ……四月《しづき》ちゃん⁉」

四月《しづき》ちゃんが乗《の》っているように見《み》えて、私《わたし》、思《おも》わず校庭《こうてい》へ飛《と》びだした。

だけど、確認《かくにん》する間《ま》もなく、その車《くるま》はあっという間《ま》に走《はし》り去《さ》ってしまって……。

「四月《しづき》ちゃん……じゃ、ないよね……」

ドキン、ドキン……心臓《しんぞう》がひとつ脈打《みゃくう》つごとに、にぶい痛《いた》みが広《ひろ》がっていく。

何《なに》か特別《とくべつ》な予定《よてい》があるときは、姉妹《しまい》のだれかに必《かなら》ず伝《つた》えること、と決《き》めている。

あんな女《おんな》の人《ひと》の話《はなし》なんて、今《いま》まで、一度《いちど》も四月《しづき》ちゃんから聞《き》いたことはない。

女子《じょし》はみんな同《おな》じ制服《せいふく》だし、遠目《とおめ》で見《み》れば、似《に》た子《こ》なんてたくさんいるし……でも……。

絶対《ぜったい》、百パーセント、あの子《こ》は四月《しづき》ちゃんじゃないって、言《い》いきれないよ。

だって……私《わたし》、四月《しづき》ちゃんのすべてを知《し》っているわけじゃないもん。

四月《しづき》ちゃんが何《なに》を考《かんが》えているのか、全然《ぜんぜん》わかんないもん。

お姉《ねえ》ちゃんたちが何《なに》を考《かんが》えているかも、最近《さいきん》はよくわかんないんだもん。

「私《わたし》……ひとりぼっちだ」

そうつぶやいて、うつむいたとき、

——ポツ……ポツポツ………ザ……ザアアッ……！


「ひッ……!?」

突然《とつぜん》、バケツをひっくりかえしたような雨《あめ》が降《ふ》りだした。

空気《くうき》がいっぺんにむわっとしめり、息苦《いきぐる》しさがドッと降《お》りてくる。

「やだ……！」

カサは？　それより雨宿《あまやど》り!?　イヤだ、早《はや》く、帰《かえ》らなきゃ……！

――ザアアアアアアアアアアアッ…………！
たじろいでいる間《あいだ》に、どんどん雨足《あまあし》が強《つよ》まって、心臓《しんぞう》の音《おと》が一気《いっき》に激《はげ》しくなっていく。
もう、前《まえ》も後《うし》ろも、右《みぎ》も左《ひだり》も、冷《つめ》たくかすんで、何《なに》も見《み》えない。
雨《あめ》……イヤだ、こわい、こわいっ！
校舎《こうしゃ》に戻《もど》って雨宿《あまやど》りをしようと、昇降口《しょうこうぐち》へかけだしたその瞬間《しゅんかん》。
「あっ」
――ベシャッ
しめった土《つち》に足《あし》を取《と》られ、私《わたし》は地面《じめん》に倒《たお》れた。
冷《つめ》たい雨《あめ》が、真新《まあたら》しい制服《せいふく》をぬらしていく。
肩《かた》に、ほおに、額《ひたい》に、髪《かみ》に……雨粒《あまつぶ》がようしゃなくおそいかかる。
そして、追《お》いうちをかけるかのように、
――ピカッ！　ゴロゴロゴロ……ッ！
雷《かみなり》が光《ひか》り、轟音《ごうおん》を鳴《な》らした。
「あ……あ……」
体《からだ》の奥《おく》がふるえ、心《こころ》ごと深《ふか》い闇《やみ》の底《そこ》へ落《お》ちていくみたい。

「………たす……けて………」

こわれたように、雨《あめ》は激《はげ》しさを増《ま》していく。
私《わたし》は、はうようにして、なんとか昇降口《しょうこうぐち》までもどった。
もう、自分《じぶん》が泣《な》いているかどうかすら、わからない。
びしょぬれになったまま、ひざをかかえ、うずくまった。

雨《あめ》には………イヤな思《おも》い出《で》がある。
小学《しょうがく》一年生《ねんせい》の、ちょうど今《いま》ごろの季節《きせつ》のこと。
その日《ひ》も今日《きょう》と同《おな》じように、下校時刻《げこうじこく》になると、まるで嵐《あらし》のような天気《てんき》になった。
雨《あめ》はたたきつけるように降《ふ》り、風《かぜ》はうなりながら木々《きぎ》をゆらす。
夕方《ゆうがた》みたいに暗《くら》くなった空《そら》には、ものすごい音《おと》と共《とも》に雷《かみなり》が走《はし》る。
警報《けいほう》も出《で》ていたのかな。
大勢《おおぜい》の保護者《ほごしゃ》が、子《こ》どもを学校《がっこう》までむかえに来《き》ていた、あの日《ひ》——。
昇降口《しょうこうぐち》は、色《いろ》とりどりのカサやレインコート、長靴《ながぐつ》でごったがえしていて。
土砂降《どしゃぶ》りなのに、そこだけ虹《にじ》がおりたようだった。

でも、私《わたし》のところには、だれも来《き》てくれなかった。

ふと気《き》がつくと、周《まわ》りには、だれもいない。

全員《ぜんいん》が下校《げこう》して、ポツンと一人残《ひとりのこ》された灰色《はいいろ》の昇降口《しょうこうぐち》で。

私《わたし》は体《からだ》を丸《まる》め、柱《はしら》のかげでふるえていた。

同《おな》じ施設《しせつ》に暮《く》らす上級生《じょうきゅうせい》と、いっしょに帰《かえ》るはずだったのに……。

その日《ひ》に限《かぎ》って、存在《そんざい》を忘《わす》れられていた。

どれだけ待《ま》っても、私《わたし》をむかえに来《く》る人《ひと》はいない。

雷《かみなり》が光《ひか》るたびに、怖《こわ》くて、ぎゅっと目《め》をつむった。

恐《おそ》る恐《おそ》る目《め》を開《あ》けても、冷《つめ》たいろうかには、だれの姿《すがた》もない。

——ザアアアアアアアアアアッ…………

雨《あめ》の音《おと》だけが、とぎれることなく続《つづ》いている。

寒《さむ》くて、体《からだ》が、どんどん冷《ひ》えていって……。

私《わたし》はこのまま、ひとりぼっちで死《し》んでいくんだ……。

どんなにつらくても、さみしくても、私《わたし》を助《たす》けにきてくれる人《ひと》はだれもいないんだ……。

どうしようもない孤独《こどく》のイメージが雨《あめ》にしみついたのは、そのときだった。

「あのときから何《なに》も変《か》わってない……私《わたし》……」
制服《せいふく》は、ぬれて泥《どろ》だらけ。
体《からだ》はすっかり冷《ひ》えきっている。
このままじゃ、カゼを引《ひ》くかもしれない。
だけどかまわない。
だって、どうせだれも心配《しんぱい》しない。私《わたし》はひとりぼっちだから……——。
かかえたひざに、顔《かお》をうずめたそのとき。
——ピロロロロロロ、ピロロロロロロ、ピロロロロロロ……
暗《くら》い思考《しこう》が、ハッととぎれた。
耳慣《みみな》れないベルの音《おと》。
だけど、たしかにすぐ近《ちか》くから、私《わたし》を呼《よ》ぶようにひびいている。
うつろな目《め》で、カバンの中《なか》を見《み》ると、スマートフォンが光《ひか》っていた。
真《ま》っ暗《くら》な昇降口《しょうこうぐち》の中《なか》で、ほんのり光《ひか》る小《ちい》さな画面《がめん》を見《み》て、私《わたし》は目《め》を見《み》ひらく。
《着信《ちゃくしん》　家《いえ》》

「――い、え……？」

ふるえる指《ゆび》で、通話《つうわ》ボタンを押《お》した。

そのとたん、あふれだしてきた、私《わたし》とそっくりな声《こえ》たち。

「もしもし三風《みふ》？　いまどこ？　すごい雨《あめ》ね。大丈夫《だいじょうぶ》？　あっ」

「早《はや》よ帰《かえ》ってきぃ。カサ持《も》ってる？　むかえにいこか？」

「ちょっと勝手《かって》に取《と》らないで！　三風《みふ》、警報《けいほう》が出《で》るかもしれないわ。風《かぜ》もすごいし……三風《みふ》？」

「もしもし？　三風《みふ》ちゃん聞《き》こえてる？　一人《ひとり》で大丈夫《だいじょうぶ》？　雷《かみなり》、平気《へいき》？」

二人《ふたり》で、家《いえ》にある固定電話《こていでんわ》の受話器《じゅわき》を取《と》りあっているのかな。

お姉《ねえ》ちゃんたちの声《こえ》が、かわるがわる聞《き》こえてくる。

スマホを耳《みみ》に押《お》しあてて、その声《こえ》をじっと聞《き》いていると――。

体《からだ》のふるえが、いつの間《ま》にか止《と》まってた。

一花《いちか》ちゃんも、二鳥《にとり》ちゃんも――私《わたし》を心配《しんぱい》してくれてる……。

そうだ……私《わたし》には、家《いえ》で帰《かえ》りを待《ま》ってくれている家族《かぞく》がいるんだ。

――ゴォッ！

突風《とっぷう》が昇降口《しょうこうぐち》の中《なか》に吹《ふ》きつけ、ぬれた前髪《まえがみ》が弾《はじ》きとばされた。

あのときとはちがう……だから、私《わたし》も変《か》わらなきゃ！
風《かぜ》の音《おと》に消《け》されないよう、涙声《なみだごえ》のまま、力《ちから》いっぱいさけんだ。

「お姉《ねえ》ちゃん、わたし…………私《わたし》、大丈夫《だいじょうぶ》だからっ！」

スマートフォンを胸《むね》にだいて、キッと顔《かお》を上《あ》げる。
決意《けつい》をこめて、通話終了《つうわしゅうりょう》ボタンを押《お》して。
ぬれないよう、スマホをカバンの教科書《きょうかしょ》の間《あいだ》にねじこんで。
下駄箱《げたばこ》に寄《よ》りかかりながら、ゆっくりと立《た》ちあがった。
ぬれた靴《くつ》をちゃんと履《は》き、昇降口《しょうこうぐち》に置《お》いてあった自分《じぶん》のカサを広《ひろ》げる。
おびえる足《あし》を、一歩前《いっぽまえ》へ。
どうにか歩《ある》ける。
転《ころ》ばずに進《すす》める。
また一歩前《いっぽまえ》へ。
昇降口《しょうこうぐち》の外《そと》に出《で》ると、雨《あめ》がカサをいっせいに打《う》った。

怖《こわ》い…………！

だけど、これくらいで負《ま》けられないよ。

一歩《いっぽ》一歩《いっぽ》、強《つよ》くふみしめて、前《まえ》へ、前《まえ》へ、どんどん前《まえ》へ――。

「……っ!!」

体全部《からだぜんぶ》の勇気《ゆうき》をふりしぼり、私《わたし》は家《いえ》を目指《めざ》して、雨《あめ》の中《なか》をかけだした。

12　嵐《あらし》の夜《よる》に

「三風《みふ》っ!?」

「三風《みふ》ちゃん！　ほんまに心配《しんぱい》したんやで！」

一花《いちか》ちゃんも、二鳥《にとり》ちゃんも、帰《かえ》ってきた私《わたし》を見《み》て、ひどくおどろいていた。

「ずぶぬれじゃない。それに真《ま》っ青《さお》！」

「カサ持《も》ってなかったん？　これでふき！」

大《おお》きなバスタオルにふわりとつつまれると、心《こころ》と体《からだ》が、少《すこ》しだけ温《あたた》まった。

私《わたし》……一人《ひとり》じゃ、ないんだ。

そんな思《おも》いが押《お》しよせて、思《おも》わずゆっくりと息《いき》をはく。

雨《あめ》が降《ふ》りだしたときに比《くら》べたら、私《わたし》、少《すこ》しは落《お》ちついたみたい。

それでも、雨《あめ》の中《なか》を走《はし》ったせいで荒《あら》くなった息《いき》が、なかなかおさまらなくて。

「ハア……ハア……ごめん……。大丈夫《だいじょうぶ》だよ、お姉《ねえ》ちゃん」

弱々《よわよわ》しい声《こえ》でつぶやいて、私《わたし》はバスタオルに顔《かお》をうずめる。

「すぐお風呂《ふろ》入《はい》って。カゼ引《ひ》いちゃうわ」

「ほんまに大丈夫《だいじょうぶ》？　何《なに》かあったん？」

「……それ……は………」

とっても怖《こわ》かったの。小《ちい》さいころのこと、思《おも》いだしちゃって、昇降口《しょうこうぐち》でふるえてたの。

そう話《はな》したかったけれど。

まだ、心臓《しんぞう》がドキドキしてて、胸《むね》が痛《いた》い。

話《はな》そうとしたら、怖《こわ》かったこと、もう一度《いちど》思《おも》いだして、また泣《な》いちゃいそう……。

あわてて目《め》をぎゅっとつむると、涙《なみだ》といっしょに、言葉《ことば》までのどの奥《おく》に引《ひ》っこんでしまった。

二人《ふたり》がこんなに心配《しんぱい》してくれているのに、何《なに》があったか、説明《せつめい》もできないなんて。

こんな弱《よわ》い自分《じぶん》、大《だい》きらいだ。

うつむいたそのとき、

——キイ
ドアが開《あ》く音《おと》がして、私《わたし》は顔《かお》を上《あ》げた。

部屋《へや》から出《で》てきたのは四月《しづき》ちゃんだ。

……よかった、四月《しづき》ちゃん、帰《かえ》ってたんだ。

じゃ、やっぱり、黒《くろ》い車《くるま》に乗《の》って行《い》っちゃったのは、四月《しづき》ちゃんじゃなかったのかな。

私《わたし》、ほっとして、笑《わら》いかけようとしたけど、ほっぺたがうまく動《うご》かない。

四月《しづき》ちゃんはびしょぬれの私《わたし》におどろいたのか、顔色《かおいろ》をサッと変《か》えて、

——パタン
また自分《じぶん》の部屋《へや》に入《はい》って、ドアをしっかり閉《し》めちゃった。

びっくりさせちゃってごめんね、四月《しづき》ちゃん。

私《わたし》……四月《しづき》ちゃんに心《こころ》を開《ひら》いてほしい、なんとかしなきゃって思《おも》ってたけど、自分《じぶん》のことで精《せい》いっぱいみたい。

情《なさ》けないな……私《わたし》、四月《しづき》ちゃんのお姉《ねえ》ちゃんなのに……。

そんなことを思《おも》ったら、弱《よわ》った心《こころ》に、また泣《な》きたい気持《きも》ちがこみあげてくる。

「ゲリラ豪雨《ごうう》ってやつよね。きっとすぐ止《や》むと思《おも》うんだけど……」

一花《いちか》ちゃんはそう言《い》って、嵐《あらし》の音《おと》がひびく窓《まど》の外《そと》を見《み》た。

けれど、夜《よる》になっても、雨《あめ》や風《かぜ》や雷《かみなり》は、全然《ぜんぜん》おさまらなかった。

――ザアァ…………ゴオッ…………ゴロゴロゴロ…………


その夜《よる》。もうすぐ日付《ひづけ》が変《か》わりそうなころ。

外《そと》は、相変《あいか》わらずの嵐《あらし》。

風《かぜ》を受《う》けて、家《いえ》は時々《ときどき》、ミシミシと不気味《ぶきみ》にきしむ。

私《わたし》は布団《ふとん》の中《なか》で目《め》を見開《みひら》いて、じっと硬《かた》くなっていた。

早《はや》く、朝《あさ》が来《く》ればいいのに……。

目《め》を閉《と》じれば、イヤな思《おも》い出《で》が夢《ゆめ》にからみついてきそう。

ねむるのもイヤだし、起《お》きているのもイヤ。

いっそ、お化《ば》けでも出《で》てきた方《ほう》がずっとマシだよ……。

そう思《おも》った瞬間《しゅんかん》、闇《やみ》の中《なか》で、ろうか側《がわ》のふすまがすっと開《ひら》いた。


「……え？」

一体《いったい》、だれ？

背《せ》すじがすっと冷《つめ》たくなった。おそるおそる、声《こえ》をかけてみる。

「二鳥《にとり》、ちゃん？」

返事《へんじ》はない。

布団《ふとん》のはしをぎゅうっとにぎって、もう一度《いちど》声《こえ》をかけてみる。

「い、一花《いちか》ちゃん？」

すると、闇《やみ》がゆらいで、何《なに》かがこっちに迫《せま》ってきた。

「……っ!?」

息《いき》を止《と》めて目《め》をこらすと――見《み》えてきたのは、私《わたし》と同《おな》じ顔《かお》に、ちょこんとメガネをかけた姿《すがた》。

「し……四月《しづき》ちゃん？」

ど、どうして四月《しづき》ちゃんが？

私《わたし》は起《お》きあがって、布団《ふとん》から出《で》た。

……あれ？

ろうかも階段《かいだん》も、なんで真《ま》っ暗《くら》なんだろう。

四月《しづき》ちゃんの部屋《へや》は一階《かい》だよね。

まさか、暗《くら》いまま、あの急《きゅう》な階段《かいだん》を上《のぼ》ってきたの？

「四月《しづき》ちゃん、なんで、電気《でんき》……」

おずおず問《と》いかけると、四月《しづき》ちゃんは、いつもよりさらに小《ちい》さくした声《こえ》でささやいた。

「電気《でんき》、つけたら起《お》こしてしまうかもしれないし……手《て》すりがあるから、平気《へいき》でした」

「で、でも……」

――バリバリバリッ！　ドーン！

「きゃっ――」

ひときわ大《おお》きな雷《かみなり》がとどろいて、思《おも》わずうずくまった。

心臓《しんぞう》がぎゅっとちぢんで……またあの雨《あめ》の日《ひ》の記憶《きおく》で、心《こころ》がいっぱいになりかけたとき、

「……大丈夫《だいじょうぶ》ですよ」

背中《せなか》に、あったかい手《て》が置《お》かれた。

ゆっくりと顔《かお》を上《あ》げると……そこにあったのは、自分《じぶん》とまったく同《おな》じ顔《かお》。

いつもは目《め》をそらしがちな四月《しづき》ちゃんが、遠慮《えんりょ》がちに視線《しせん》を合《あ》わせてきてくれた。

「泣《な》いていたみたいだったから……気《き》になって、それで、来《き》ました」

低《ひく》い雨音《あまおと》がひびく中《なか》、四月《しづき》ちゃんの声《こえ》は、闇《やみ》なんてみんな払《はら》ってしまうように、きれい。

ふさいでいた心《こころ》に、ひとすじ光《ひかり》が射《さ》しこんできた。

あの雨《あめ》の日《ひ》、雷《かみなり》におびえて閉《と》じた目《め》をこわごわ開《ひら》いても、ろうかにはだれの姿《すがた》もなかった。

だけど、今《いま》、私《わたし》の目《め》の前《まえ》には――四月《しづき》ちゃんがいる。

「あの……背中《せなか》、とんとん……しましょうか……？」

背中《せなか》、とんとん……。

あまりにうれしくて、すぐに言葉《ことば》が出《で》てこない。

ありがとう、そう言《い》おうとしたら。

あれ？

ふと、ほおがぬれているのに気《き》がついた。

私《わたし》……泣《な》いてる。

思考《しこう》を停止《ていし》させている間《あいだ》に、四月《しづき》ちゃんはおどろいたように手《て》を引《ひ》っこめた。

「……あ……ごめんなさい……僕《ぼく》なんかが、すみません。やっぱり、もどりま――」

思《おも》わず体《からだ》が動《うご》いた。

私《わたし》、言葉《ことば》をさえぎって、四月《しづき》ちゃんをだきしめていた。

細《ほそ》い体《からだ》から、熱《ねつ》が伝《つた》わってくる。

「ここに、いて……っ」

辛《つら》くてさみしいとき、やっと自分《じぶん》を助《たす》けてくれる人《ひと》が来《き》てくれた。

「うれしいの。うれしくて、泣《な》いてるの……！」

私《わたし》、ひとりぼっちじゃないんだ！

あたたかい光《ひかり》にふれたような気持《きも》ちで、胸《むね》がいっぱいになる。

心《こころ》の奥《おく》でずっと泣《な》いていた、あの雨《あめ》の日《ひ》の小《ちい》さな私《わたし》にまで、お日様《ひさま》のキラキラした光《ひかり》が降《ふ》りそそいでいくみたい……――。

それから、四月《しづき》ちゃんと私《わたし》は、二人《ふたり》いっしょに布団《ふとん》にもぐりこんだ。

四月《しづき》ちゃんは、ずっと止《と》めることなく、背中《せなか》を、とん、とん、と優《やさ》しくたたいてくれている。

私《わたし》はうでを回《まわ》して、四月《しづき》ちゃんの体《からだ》をひしっとだきしめてる。

四月《しづき》ちゃん、あったかい……。

だけど、細《ほそ》いなぁ………。

同《おな》じ顔《かお》だけど、一人一人《ひとりひとり》ちょっとずつちがう。

四月《しづき》ちゃんは、ほかの三人《にん》よりも、肌《はだ》が白《しろ》くて、ほっそりしてるの。

強《つよ》くだきしめたら、折《お》れちゃいそうなほど。

私《わたし》たちを起《お》こすといけないからって、電気《でんき》もつけずに、あの急《きゅう》な階段《かいだん》を上《のぼ》ったりして……。

もし落《お》ちたら、きっと本当《ほんとう》に折《お》れちゃってたよ。

なのに、来《き》てくれた――。

なかなか打《う》ちとけられなくて、本当《ほんとう》はきらわれているんじゃないかって、思《おも》ったりもした。

――「僕《ぼく》は、家族《かぞく》になれない……っ」

あの言葉《ことば》は、すごくすごく悲《かな》しかったけれど。

本当《ほんとう》は、こんなに優《やさ》しい子《こ》だったんだ。

四月《しづき》ちゃんの体温《たいおん》。

背中《せなか》をたたく手《て》。

かじかんだ指先《ゆびさき》がのびるように、心《こころ》がほぐれていって……。

「……あのね、四月《しづき》ちゃん……私《わたし》、大雨《おおあめ》の日《ひ》、小学校《しょうがっこう》に置《お》いてけぼりになったことがあったの」

私《わたし》の口《くち》から――心《こころ》の中《なか》から、ぽろりぽろりと、言葉《ことば》がこぼれでていく。

この話《はなし》をだれかにするのは、初《はじ》めて。

「すごく、すごく怖《こわ》くて、さみしくて、トラウマみたいになっちゃってて……今日《きょう》は、いきなり雨《あめ》が降《ふ》ってきて、その日《ひ》のこと、思《おも》いだして、学校《がっこう》で泣《な》いちゃった。もう中学生《ちゅうがくせい》なのに……えへへ……変《へん》だよね……」

打《う》ちあけるだけで、情《なさ》けなくて、また泣《な》きそうになっている自分《じぶん》がいる。だけど、ぎゅっと目《め》を閉《と》じて続《つづ》けた。

「でもねっ、そのとき、一花《いちか》ちゃんと二鳥《にとり》ちゃんから電話《でんわ》をもらってね、『家族《かぞく》がいるんだ。一人《ひとり》じゃないんだ』って思《おも》ったら、ほんのちょっと、強《つよ》くなれた気《き》がしたの」

私《わたし》は甘《あま》えるように、四月《しづき》ちゃんの胸《むね》に、おでこをくっつけてみた。

「今《いま》もね、四月《しづき》ちゃんがこうしてくれてるから、私《わたし》、ほっとしてるの……。もし、もう一度《いちど》、同《おな》じように雨《あめ》に降《ふ》られても、今日《きょう》のこのときのことを思《おも》いだしたら、きっと前《まえ》を向《む》けると思《おも》う。四《し》月《づき》ちゃんのおかげだよ。……ありがとう」

お礼《れい》の気持《きも》ちをこめて、私《わたし》、四月《しづき》ちゃんをぎゅーっとだきしめた。すると、

「…………」

「四月《しづき》ちゃん？」

背中《せなか》をたたく手《て》が止《と》まってしまった。

そっと様子《ようす》をうかがうと、

「僕《ぼく》は……家族《かぞく》には、なれない。僕《ぼく》みたいな子《こ》は、家族《かぞく》を作《つく》っちゃいけないから……」

四月《しづき》ちゃんはまつ毛《げ》をふるわせて、そうつぶやいたの。

13　気《き》づかなかった想《おも》い

「……家族《かぞく》になれないって思《おも》うのは……どうして？」

責《せ》めるような言《い》い方《かた》にならないように、私《わたし》は慎重《しんちょう》にたずねた。

こんなに優《やさ》しい四月《しづき》ちゃんが、どうしてこうもかたくなに「家族《かぞく》になれない」なんて言《い》うの？

何《なに》か、必《かなら》ず理由《りゆう》があるはずだよ。

「それ、は…………」

四月《しづき》ちゃんは、言《い》うのをためらっている。

ううん、怖《こわ》がってる……？

くっついている体《からだ》が、いつの間《ま》にか硬《かた》くなっていた。

いつもはわからなかった四月《しづき》ちゃんの心《こころ》の様子《ようす》が、ふれあったところから伝《つた》わってくる。

きっと、何《なに》か大《おお》きな理由《りゆう》が、四月《しづき》ちゃんの胸《むね》に……閉《と》じた心《こころ》の扉《とびら》の奥《おく》にあるんだ。

長《なが》い沈黙《ちんもく》のあと、私《わたし》は思《おも》いきって口《くち》を開《ひら》いてみた。

「……あの、紫色《むらさきいろ》ってきらい？」

「えっ？」

ビクッと四月《しづき》ちゃんの体《からだ》がふるえた。

「あ、えっと……四月《しづき》ちゃんは、髪飾《かみかざ》りつけてないから、紫色《むらさきいろ》、きらいなのかなって……」

そんな理由《りゆう》で「家族《かぞく》になれない」と言《い》っているんじゃないよね。

だけど、何《なに》か話《はなし》の糸口《いとぐち》になればと思《おも》って、聞《き》いてみた。

なんでも言《い》っていいんだよ。いつまでも待《ま》つからね。

そんな思《おも》いをこめて、四月《しづき》ちゃんの体《からだ》をそっとなでる。

返事《へんじ》をしてくれるかどうか、不安《ふあん》になったころ、

「……そんなこと、ないです。紫《むらさき》は、一番好《いちばんす》きな色《いろ》です」

四月《しづき》ちゃんのくちびるが、わずかに動《うご》いた。

かすかな息《いき》が、私《わたし》のまつ毛《げ》にかかる。

「なら……」

どうして？　と、私《わたし》は四月《しづき》ちゃんの顔《かお》をのぞいた。

「……それは……」

四月《しづき》ちゃんはゆっくりと寝《ね》がえりを打《う》って、背中《せなか》を向《む》ける。

あっ……また、心《こころ》を閉《と》ざしちゃう……？

一瞬《いっしゅん》、そう思《おも》った。

だけど、ちがった。

四月《しづき》ちゃんは――ためらいがちに、髪《かみ》を左右《さゆう》に分《わ》けたの。

「……わかりますか、ここ」

ピカッと雷《かみなり》が光《ひか》って、部屋《へや》の中《なか》が照《て》らされた。

同時《どうじ》に、四月《しづき》ちゃんの首《くび》の後《うし》ろがはっきりと見《み》えた。

「……っ！　これ……！」

そこには――とがったもので思《おも》いきり引《ひ》っかかれたような、古《ふる》い傷《きず》あとがあった。

四月《しづき》ちゃんの細《ほそ》くて白《しろ》い首《くび》すじに、その傷《きず》あとは、とてもいたましくて……。

言葉《ことば》を失《うしな》った私《わたし》に、感情《かんじょう》のこもらない声《こえ》で、四月《しづき》ちゃんはつぶやく。

「小学生《しょうがくせい》のころ……たぶん、コンパスの針《はり》か何《なに》かで、刺《さ》されて」

「刺《さ》されて？」

私《わたし》、耳《みみ》をうたがって、バッと体《からだ》を起《お》こした。

背中《せなか》を向《む》けている四月《しづき》ちゃんの体《からだ》が、小《ちい》さくふるえはじめている。

「僕《ぼく》、ずっといじめられていて……それで……」

だから、髪《かみ》を結《むす》んで髪飾《かみかざ》りをつけることができなかった。

だから、姉妹《しまい》とお風呂《ふろ》に入《はい》れなかった。

言葉《ことば》にならない四月《しづき》ちゃんの想《おも》いが、痛《いた》いほど伝《つた》わってくる。

まるで、私《わたし》の首《くび》のうしろにも、同《おな》じ傷《きず》ができたみたいだよ。

「いじめって……、先生《せんせい》たちは、何《なに》もしてくれなかったの？」

たずねると、四月《しづき》ちゃんはだまって首《くび》をふった。

「学校《がっこう》も、施設《しせつ》も、子《こ》どもの人数《にんずう》がすごく多《おお》かったから……先生《せんせい》の目《め》が、とどかなくて……」

「そんな……」

いじめられてて、しかも助《たす》けてもらえなかったなんて。

四月《しづき》ちゃんがそんなひどい目《め》にあってたなんて、私《わたし》、今《いま》まで想像《そうぞう》もしなかった。

――「……僕《ぼく》は、逃《に》げるためだ……」

あの言葉《ことば》は、そういう意味《いみ》だったんだ。

四月《しづき》ちゃんは、いじめから逃《に》げるために、中学生自立練習計画《ちゅうがくせいじりつれんしゅうけいかく》に参加《さんか》したんだね。

四月《しづき》ちゃんの心《こころ》の中《なか》に降《ふ》っていたのは、私《わたし》とよく似《に》た、雨《あめ》なんかじゃなくて……。

もっと冷《つめ》たい、もっとするどい、きっと、吹雪《ふぶき》みたいなものだったんだ。

「ごめんね、四月《しづき》ちゃん……。辛《つら》かったよね……痛《いた》かったよね……」

上手《じょうず》なぐさめの言葉《ことば》なんて、思《おも》いつかなくて。

私《わたし》はつぶやきながら、泣《な》いてしまわないよう、くちびるをかみしめることしかできなかった。

遠《とお》くの方《ほう》で雷《かみなり》がひびいて、四月《しづき》ちゃんがふたたび話《はな》しだす。

「それでも、たえて……でも、あるとき、ガマンできなくなったんです。あの日《ひ》……」

ふるえる四月《しづき》ちゃんの背中《せなか》を、私《わたし》はゆっくりさすった。

「すごく寒《さむ》い日《ひ》で、雪《ゆき》も降《ふ》っていて……そんな日《ひ》に、僕《ぼく》、宝物《たからもの》を川《かわ》に捨《す》てられたんです」

宝物《たからもの》……四月《しづき》ちゃんの宝物《たからもの》ってなんだろう。

そう思《おも》ったけど、私《わたし》はだまって続《つづ》きを待《ま》った。

「……浅《あさ》かったから、僕《ぼく》、すぐに飛《と》びこんで、落《お》ちた辺《あた》りを必死《ひっし》に探《さが》しました。なんとか見《み》つかったんですけど、手《て》にも足《あし》にも、しもやけができて……もうこんなところから逃《に》げだしたい、いなくなりたいって思《おも》うようになって」

冬《ふゆ》の川《かわ》に飛《と》びこむなんて、よっぽど大切《たいせつ》な宝物《たからもの》だったはず。それを捨《す》てられるなんて……。

「それは……ガマンできなくなって当然《とうぜん》だよね……」

でも、四月《しづき》ちゃんは首《くび》をふって、

「ガマンできなくなったのは、それだけが理由《りゆう》じゃなくて……」

「え？」

「そのとき、唯一《ゆいいつ》の友達《ともだち》だった女《おんな》の子《こ》が……僕《ぼく》のかわりにいじめっ子《こ》にどなってくれて……でも、次《つぎ》の日《ひ》、その女《おんな》の子《こ》――英莉《えいり》ちゃんの、靴《くつ》がなくなってしまって……僕《ぼく》のせいで、英莉《えいり》ちゃんまでいじめに巻《ま》きこまれてしまったんです」

「そんな……」

「僕《ぼく》といると、だれも幸《しあわ》せになれない……僕《ぼく》は友達《ともだち》なんか作《つく》っちゃいけない……本当《ほんとう》に最低《さいてい》の人《にん》間《げん》だから」

「そんなことないよっ！」

――「友達《ともだち》は作《つく》らないって決《き》めてるんです」

あの言葉《ことば》の理由《りゆう》も、やっと今《いま》、わかった。

「四月《しづき》ちゃんは最低《さいてい》なんかじゃないよ。私《わたし》たちの大切《たいせつ》な、最高《さいこう》の妹《いもうと》だよっ。私《わたし》を心配《しんぱい》して、こここにこうして来《き》てくれたんだもん！」

　こらえきれなくなって、私《わたし》は布団《ふとん》にもぐり、四月《しづき》ちゃんをだきよせた。

「大丈夫《だいじょうぶ》だよ四月《しづき》ちゃん……。もし四月《しづき》ちゃんがだれかにいじめられたら、絶対《ぜったい》、みんなで守《まも》ってあげる。四月《しづき》ちゃんには、三人《にん》もお姉《ねえ》ちゃんがいるんだよ……！」

　私《わたし》だって、いじめられたことがある。

　怖《こわ》くて「やめて」とすら言《い》えず、そのときはめそめそ泣《な》いているだけだった。

　だけど――。

「家族《かぞく》のためなら、私《わたし》、すっごく強《つよ》くなれるから」

　四月《しづき》ちゃんを守《まも》りたい。

　そう思《おも》うと、勇気《ゆうき》の火《ひ》が、何《なに》もない暗闇《くらやみ》にぽっと灯《とも》った。

「…………」

　しばらく、四月《しづき》ちゃんはだまっていた。

　ねむっちゃうのかな、と思《おも》ったとき。

「やっぱり……なれません……」

「え？」

「僕《ぼく》は、家族《かぞく》にはなれません……」

「……私《わたし》たちのこと、好《す》きになれない？」

「そんなこと、ないです……でも…………」

そこから、言葉《ことば》が続《つづ》かない。

「四月《しづき》ちゃんは、私《わたし》たちの妹《いもうと》だよ。これからも、ずっと、いっしょだよ……」

つややかな黒髪《くろかみ》に顔《かお》をうずめ、ゆっくりと呼吸《こきゅう》をする。

体《からだ》じゅうに、四月《しづき》ちゃんの香《かお》りが広《ひろ》がった。

今度《こんど》は、私《わたし》が、四月《しづき》ちゃんの背中《せなか》をとんとんする番《ばん》。

「大丈夫《だいじょうぶ》だよ、四月《しづき》ちゃん。もう大丈夫《だいじょうぶ》……私《わたし》たち……何《なに》があっても四月《しづき》ちゃんのことが大好《だいす》きだよ……だから」

急《きゅう》にねむけがおそってきて、頭《あたま》がぼんやりする。

起《お》きよう、としても、まぶたが自然《しぜん》と下《お》りてきちゃう……。

「……だから、安心《あんしん》して家族《かぞく》に……なって……」

消《き》えかける意識《いしき》の中《なか》で……四月《しづき》ちゃんの声《こえ》が聞《き》こえた。

「…………今日《きょう》だけ……そうします」

「今日《きょう》、だけ……？」

そう聞《き》こえたような気《き》がして、問《と》いかえした。

ほんの少《すこ》し弱《よわ》まった雨《あめ》と風《かぜ》の音《おと》が、遠《とお》くの方《ほう》でひびいている。

四月《しづき》ちゃんからの返事《へんじ》はなくて……いつしか、私《わたし》はねむりに落《お》ちていた。

14　ここが一歩目《いっぽめ》

目《め》が覚《さ》めて、最初《さいしょ》に見《み》えたのは、朝日《あさひ》につつまれた四月《しづき》ちゃんの寝顔《ねがお》。

私《わたし》とまったく同《おな》じその顔《かお》は、まだすやすやと安《やす》らかな寝息《ねいき》を立《た》てていた。

柔《やわ》らかな光《ひかり》の中《なか》、重《かさ》なりあって散《ち》らばっている、私《わたし》の髪《かみ》と、妹《いもうと》の髪《かみ》。

チュンチュン、とかすかな小鳥《ことり》の声《こえ》。優《やさ》しい朝《あさ》の気配《けはい》。

きっと、外《そと》には青空《あおぞら》が広《ひろ》がっているんだ。

「おはよう、四月《しづき》ちゃん」

私《わたし》は四月《しづき》ちゃんのほおをそっとなでた。

四月《しづき》ちゃんは、むずかるようにまゆを寄《よ》せて、それから、ゆっくりとまぶたを開《あ》ける。

「……おはよう…………ございます……」

起《お》きたばかりのねむそうな顔《かお》を見《み》ると、なんだかほっとした。

四月《しづき》ちゃんの辛《つら》い過去《かこ》は、変《か》えられない。

だけど、未来《みらい》は、これからいくらでも変《か》えていける。

きっといつか、四月《しづき》ちゃんが心《こころ》を開《ひら》いてくれるときがくるよね。


「うーん……」

私《わたし》は布団《ふとん》から起《お》きあがり、キラキラした朝日《あさひ》に向《む》かって、思《おも》いきりのびをした。

今日《きょう》は土曜日《どようび》。学校《がっこう》はない。だけど——。

「ええっ……もう九時《じ》!?」

時計《とけい》を見《み》て、びっくり。

昨日《きのう》、寝《ね》るのが遅《おそ》かったせいで、思《おも》ったより寝過《ねす》ごしちゃったみたい。

あわてて起《お》きて、四月《しづき》ちゃんと二人《ふたり》、パジャマのまま食堂《しょくどう》に向《む》かう。

いくら休《やす》みだからって、お姉《ねえ》ちゃんたち、こんな時間《じかん》まで起《お》こしてくれないなんて!

なんだか変《へん》だな………と思《おも》ったら、

「えっ……!?」

ここ、本当《ほんとう》に私《わたし》の家《いえ》?

食堂《しょくどう》と居間《いま》が、様変《さまが》わりしてる!

食堂《しょくどう》の天井《てんじょう》には、カラフルな風船《ふうせん》がいくつもつるされてるし。

いつもごはんを食《た》べるテーブルには、白《しろ》いテーブルクロスがしかれてるし。

大皿《おおざら》にどっさり盛《も》られたお菓子《かし》は、四人《にん》の好《す》きなものばかりで。

席《せき》には、かわいい形《かたち》に折《お》ったナフキンまでそえられてる。

「これって……!?」

四月《しづき》ちゃんとならんで、あ然《ぜん》としていると、縁側《えんがわ》から一花《いちか》ちゃんと二鳥《にとり》ちゃんが入《はい》ってきた。

「あら起《お》きた？」

「おはよう！　お寝坊《ねぼう》さん」

おどろいている私《わたし》たちを見《み》て、一花《いちか》ちゃんたちは得意満面《とくいまんめん》。

「いっひひひ、びっくりした？　見《み》て！」

二鳥《にとり》ちゃんの指《さ》す方《ほう》を見《み》ると、
HAPPY《ハッピー》 BIRTHDAY《バースデイ》
ICHIKA《イチカ》 NITORI《ニトリ》 MIFU《ミフ》 SHIZUKI《シヅキ》
折《お》り紙《がみ》で作《つく》られたアルファベットが、居間《いま》の壁《かべ》いっぱいに飾《かざ》られてる。

「サプライズ大成功《だいせいこう》！　今日《きょう》は誕生日《たんじょうび》パーティーや！」

二鳥《にとり》ちゃんが「してやったり！」と言《い》わんばかりに笑《わら》って飛《と》びはねた。

すると一花《いちか》ちゃんまで、二鳥《にとり》ちゃんとそっくりな笑顔《えがお》になって、私《わたし》たちをせかす。

「さあさあ、早《はや》く着替《きが》えてらっしゃい！」

「う、うん！」

言《い》われるがまま、私《わたし》は自分《じぶん》の部屋《へや》にかけもどって、大急《おおいそ》ぎでふだん着《ぎ》に着替《きが》えた。

カーディガンをはおりながら階段《かいだん》を下《お》り、再《ふたた》び居間《いま》の方《ほう》へ。

「う、わぁっ……！」

見回《みまわ》すだけで、華《はな》やかさに目《め》がくらみそう！

壁《かべ》や天井《てんじょう》を彩《いろど》る、ペーパーチェーンに、三角形《さんかっけい》の旗《はた》の飾《かざ》り、カールしたリボン。

居間《いま》の天井《てんじょう》につるされているのは、紙吹雪《かみふぶき》の入《はい》った、大《おお》きい半透明《はんとうめい》の風船《ふうせん》だ。

ペーパーフラワーでびっしりおおわれた「13」の数字《すうじ》のオブジェまである。

私《わたし》は思《おも》わず両手《りょうて》を広《ひろ》げた。

まるで夢《ゆめ》の国《くに》に来《き》たみたい。

何《なに》もかも、キラキラ輝《かがや》いて見《み》えるよ！

「すごい……本当《ほんとう》にすごい！　夢《ゆめ》みたい！　……あれ？」

居間《いま》のカーテンに、何《なに》か変《へん》なものが貼《は》りつけられている。

なんだろう、これ……。ストローで作《つく》った…………折《お》れた枝《えだ》？

近《ちか》くに寄《よ》って、まじまじ見《み》ていると、二鳥《にとり》ちゃんがクスクス笑《わら》った。

「それは一花作《いちかさく》や」

「私《わたし》こういう飾《かざ》りを作《つく》るの苦手《にがて》なのよ……」

一花《いちか》ちゃんはばつが悪《わる》そうに息《いき》をつく。

「『ストローにマスキングテープを巻《ま》きつけて、星《ほし》の形《かたち》に組《く》みあわせると、かわいい壁飾《かべかざ》りになります』ってネットに書《か》いてあったんだけど……」

「結局《けっきょく》くちゃくちゃになったんやんなー」

からかう口調《くちょう》の二鳥《にとり》ちゃんにつつかれて、一花《いちか》ちゃんは不満《ふまん》そう。

「だからその分《ぶん》、あのペーパーフラワーとかペーパーチェーンとか、コツコツ作《つく》ったじゃない。あんたが飽《あ》きて放《ほう》りだした分《ぶん》まで」

「うちはあれやん。コンフェッティバルーン。あのコンフェッティバルーンを作《つく》るのが忙《いそが》しかったから。紙吹雪《かみふぶき》を入《い》れて、ふくらまして……ってするやつ」

「あれ破裂《はれつ》したら絶対片《ぜったいかた》づけるの面倒《めんどう》よ。やめなさいって言《い》ったのに」

「一花《いちか》は細《こま》かいなあ。ええやん。めっちゃオシャレやもん。海外《かいがい》では定番《ていばん》なんやでー」

ああ………そっか。

二人《ふたり》は今日《きょう》のために、ずっと準備《じゅんび》してくれてたんだ。

苦手《にがて》なことをおぎないながら――。

「お姉《ねえ》ちゃんたち、ナイショ話《ばなし》をしてるみたいだったけど、このパーティーのことだったの？」

たずねると、一花《いちか》ちゃんはおだやかな目《め》をして、素直《すなお》にうなずいた。

「私《わたし》たち、実《じつ》はいろいろとなやんでたのよ。四月《しづき》に『家族《かぞく》になれない』ってこばまれちゃって、それでも、せめて何《なに》かできないかな、って。私《わたし》も二鳥《にとり》も家族《かぞく》のことが大好《だいす》きで……でも、それをどうやってわかるように伝《つた》えればいいんだろうって」

「そんなとき『もうすぐ誕生日《たんじょうび》や！』って気《き》づいてん。そんで『これや！　お姉《ねえ》ちゃんたちから妹二人《いもうとふたり》にサプライズバースデーパーティーをプレゼントしよう！』って、二人《ふたり》でがんばっててん」

二人《ふたり》はにっこりほほえんだ。

胸《むね》がぎゅうっと熱《あつ》いよ。

なやんでたのは、私《わたし》だけじゃなかったんだ。

やっぱり私《わたし》、もう一人《ひとり》じゃないんだね。

「今日《きょう》は特別《とくべつ》な一日《いちにち》にしよ！　おいで三風《みふ》ちゃん。髪《かみ》の毛《け》、したげるわ。サロン二鳥《にとり》、開店《かいてん》！」

「う、うんっ！」

私《わたし》は洗面所《せんめんじょ》で二鳥《にとり》ちゃんに髪《かみ》を結《ゆ》ってもらった。

いつもの三《み》つ編《あ》み。水色《みずいろ》の髪飾《かみかざ》り。

ていねいに、バランスよくほぐして、スプレーをしゅっとひと吹《ふ》き。

うれしさが、新鮮《しんせん》な空気《くうき》のように、心《こころ》のすみずみまで満《み》ちていく。

「こんなにステキなパーティー、初《はじ》めて！」

思《おも》わず体《からだ》が上下《じょうげ》にゆれちゃった。

かわいい三《み》つ編《あ》みも、いっしょにぴょんぴょんはしゃいでる。

「せやろせやろ？　四《よ》つ子《ご》の四姉妹《よんしまい》、四人《にん》いっぺんに誕生日《たんじょうび》で、楽《たの》しさ四倍《ばい》や！」

「本当《ほんとう》ね。こんな誕生日会《たんじょうびかい》、普通《ふつう》じゃ考《かんが》えられないわ」

――あっ！

一花《いちか》ちゃんの何《なに》げない一言《ひとこと》が、私《わたし》の中《なか》でパチンと弾《はじ》けた。

そうだよ。『普通《ふつう》』じゃなくても……ううん、『普通《ふつう》』じゃないから。

だから、こんなにステキなんだ。

なやんでたのがウソみたい。

『普通《ふつう》』じゃなくても。

『普通《ふつう》』を知《し》らなくても。

私《わたし》たちなら大丈夫《だいじょうぶ》。きっと家族《かぞく》になれるよ！

いますぐ呼《よ》んでみよう。

「四月《しづき》ちゃーん！」

一階《かい》の四月《しづき》ちゃんの部屋《へや》に向《む》かって、私《わたし》、大声《おおごえ》で呼《よ》びかけてみた。

でも、なぜか返事《へんじ》はない。

おかしいな……と思《おも》ったそのとき、

——キイ
かすかな音《おと》がして、食堂《しょくどう》のドアがほんの少《すこ》し開《ひら》いた。

「シヅちゃん！　さ、次《つぎ》はシヅちゃんやで」

二鳥《にとり》ちゃんは、紫色《むらさきいろ》の髪飾《かみかざ》りを片手《かたて》に、手《て》まねきしたんだけど——。

「えっ？」

部屋《へや》に入《はい》ってきた四月《しづき》ちゃんの様子《ようす》がおかしい。

体《からだ》をだきしめて、もう立《た》っているのもつらそうに、壁《かべ》に寄《よ》りかかっている。

それに、なぜかまだパジャマのままだ。

「僕《ぼく》……僕《ぼく》は、今日《きょう》……」

「どないしたん？」

「具合悪《ぐあいわる》いの？」

お姉《ねえ》ちゃんたちは、心配《しんぱい》そうに四月《しづき》ちゃんにかけよった。

だけど、四月《しづき》ちゃんは、目《め》をぎゅっと閉《と》じて動《うご》かない。

髪《かみ》を結《ゆ》われて、首《くび》のうしろの傷《きず》が見《み》えるのを気《き》にしているのかな。

ううん。それだけじゃ、ないみたい……。

何《なに》か……何《なに》か変《へん》だよ。

心《こころ》の奥《おく》が、ざわざわする。

とても重大《じゅうだい》な何《なに》かを見落《みお》としている……そんな気《き》がして……。

私《わたし》、とまどいながら、一花《いちか》ちゃんと二鳥《にとり》ちゃんを

見《み》た。

すると、二人《ふたり》は何《なに》か意味《いみ》ありげに、そっと視線《しせん》を交《か》わしてうなずいた。

「シヅちゃん」

「実《じつ》はね――」

二人《ふたり》が何《なに》かを言《い》いかけたそのとき、

――ピーンポーン
言葉《ことば》をさえぎるように、インターホンが鳴《な》った。

15　お母《かあ》さん、あらわる！

――ピーンポーン

だれだろ、こんなときに……。

全員《ぜんいん》が同時《どうじ》に玄関《げんかん》をふりかえった。

――ピンポンピンポンピンポーン

だれも口《くち》を開《ひら》かない中《なか》、何度《なんど》も鳴《な》らされるチャイムの音《おと》。

……やっと止《と》まった？

と思《おも》ったら、

「ごめんくださーい」

次《つぎ》に聞《き》こえてきたのは、女《おんな》の人《ひと》の高《たか》い声《こえ》。

すると、その声《こえ》に吸《す》いよせられるように、四月《しづき》ちゃんがふらふら玄関《げんかん》の方《ほう》へ歩《ある》きだして……。

「し、四月《しづき》ちゃん？」

つられて、私《わたし》たちも玄関《げんかん》に移動《いどう》して、四人《にん》そろってドアを開《あ》けた。

ドアの前《まえ》に立《た》っていたのは、高《たか》そうなスーツを着《き》た女《おんな》の人《ひと》。

上品《じょうひん》なハイヒール。いかにも高級《こうきゅう》そうなハンドバッグ。

宝石《ほうせき》のついた指輪《ゆびわ》に、ネックレス、イヤリング……。

下《した》から上《うえ》に視線《しせん》を上《あ》げていって――私《わたし》は言葉《ことば》を失《うしな》った。

似《に》ている。

顔《かお》が、私《わたし》たちに似《に》ている！

絶句《ぜっく》する私《わたし》たちをよそに、女《おんな》の人《ひと》は、カツン、と一歩《いっぽ》こちらにふみだしてきた。

「こんにちは。四月《しづき》以外《いがい》の三人《にん》に会《あ》うのは初《はじ》めてね。私《わたし》、あなたたちのお母《かあ》さんよ」

「「「えっ……!?」」」

私《わたし》とお姉《ねえ》ちゃんたち、三人《にん》の声《こえ》が重《かさ》なる。

ウソ…………お……お母《かあ》、さん……!?

私《わたし》、頭《あたま》が真《ま》っ白《しろ》になって、まばたきすらできない。

胸《むね》が苦《くる》しくて、呼吸《こきゅう》がどんどん乱《みだ》れていって………。

一花《いちか》ちゃんも二鳥《にとり》ちゃんも、目《め》をいっぱいに見開《みひら》いたままこおりついている。

「名前《なまえ》は麗《うらら》。宮美麗《みやびうらら》っていうの。今《いま》までさみしい思《おも》いをさせちゃって、ごめんなさいね」

にこやかな笑《え》み。

なんだか、ちっとも悪《わる》いと思《おも》っていないような口調《くちょう》だけど……。

この人《ひと》が……この人《ひと》が、本当《ほんとう》にお母《かあ》さんなの？

「う、ウソや……ウソやっ！　何《なに》言《い》うてんねん！」

二鳥《にとり》ちゃんがふるえる声《こえ》でさけんだ。

一花《いちか》ちゃんも、ハッとわれに返《かえ》ったように口《くち》を開《ひら》く。

「あなた……一体《いったい》、何者《なにもの》なんですか」

落《お》ち着《つ》いた低《ひく》い声《こえ》には、大人《おとな》なみの迫力《はくりょく》がある。

ところが、その人《ひと》——麗《うらら》さんは少《すこ》しもひるまない。

「うふふ、聞《き》いてなかったの？　あなたたちのお母《かあ》さんだって言《い》ってるじゃない。この顔《かお》を見《み》ても、まだうたがってるのね？　証拠《しょうこ》がほしいなら、ＤＮＡ鑑定《かんてい》したっていいのよ」

そう笑《わら》って、自信満々《じしんまんまん》に自分《じぶん》の顔《かお》を指《ゆび》さした。

た、たしかに……顔《かお》、似《に》てるし……やっぱり、本当《ほんとう》のお母《かあ》さんなの？

でも……っ。

足《あし》を床《ゆか》にぬいつけられたように、立《た》ちつくす私《わたし》たち。

その様子《ようす》に満足《まんぞく》したのか、麗《うらら》さんは余裕《よゆう》たっぷりの口調《くちょう》で、こう宣言《せんげん》した。

「約束《やくそく》どおり、むかえに来《き》たわよ」

むかえに？　……あっ！

その言葉《ことば》で、私《わたし》、お母《かあ》さんを名乗《なの》る人《ひと》からとどいたあの手紙《てがみ》のことを、急《きゅう》に思《おも》いだした。

──《近《ちか》いうちにむかえに行《い》きます》

たしかにそう書《か》いてあった……！

ほかには？　ほかには、何《なん》て書《か》かれてた!?

頭《あたま》を必死《ひっし》に動《うご》かし、思《おも》いだしたとたん……私《わたし》、くずれおちそうなほどふるえあがった。

たしか、一番《いちばん》かわいそうな子《こ》を、一人《ひとり》だけ引《ひ》きとるって……！

同時《どうじ》に、昨日《きのう》、夢《ゆめ》と現実《げんじつ》の間《あいだ》で聞《き》いた、四月《しづき》ちゃんの言葉《ことば》がよみがえってきた。

──「今日《きょう》だけ……そうします」

「まさか──」

顔《かお》を上《あ》げた瞬間《しゅんかん》、

「行《い》きましょう、四月《しづき》」

麗《うらら》さんがいきなりろうかへ上《あ》がって、四月《しづき》ちゃんのうでを、ぐいっと引《ひ》っぱった。

「「「や、やめて!!」」」

お姉《ねえ》ちゃんたちと私《わたし》は、同時《どうじ》に四月《しづき》ちゃんに飛《と》びついた。

三人《にん》で思《おも》いきり引《ひ》きはなす力《ちから》が勝《か》って、四月《しづき》ちゃんは私《わたし》たちの方《ほう》へ倒《たお》れこむ。

「ど、どういうことなの、四月《しづき》ちゃん」

私《わたし》が目線《めせん》を合《あ》わせるようにして聞《き》いても、四月《しづき》ちゃんは無言《むごん》でふるえるばかり。

麗《うらら》さんは、そんな四月《しづき》ちゃんの顔《かお》をのぞきこむようにして、猫《ねこ》なで声《ごえ》を出《だ》した。

「どうしたの四月《しづき》。昨日《きのう》も約束《やくそく》したでしょう。あなたが姉妹《しまい》の中《なか》で一番《いちばん》かわいそうな子《こ》だから、今日《きょう》この家《いえ》を出《で》て、これからはお母《かあ》さんといっしょに暮《く》らすって」

「「「えっ!?」」」

また同時《どうじ》に上《あ》がる、私《わたし》たち三人《にん》の声《こえ》。

四月《しづき》ちゃんだけは、目《め》を見開《みひら》き、体《からだ》を硬《かた》くしている。

昨日《きのう》もって……。

じゃあ、学校《がっこう》で私《わたし》が見《み》たのは、やっぱり四月《しづき》ちゃんだったんだ……!

車《くるま》の助手席《じょしゅせき》に乗《の》っていた女《おんな》の人《ひと》は、麗《うらら》さんだったんだ！

あっ、まさか、前《まえ》に「夕《ゆう》ごはんは先《さき》に食《た》べてください」ってスマホで連絡《れんらく》して遅《おそ》くなったときも、この人《ひと》と会《あ》っていたの？

私《わたし》は四月《しづき》ちゃんの肩《かた》をつかむ手《て》にグッと力《ちから》をこめる。

でも……本当《ほんとう》に麗《うらら》さんがお母《かあ》さんなら、どうしていいかわからないよ。

夢《ゆめ》にまで見《み》たお母《かあ》さん。

ずっと前《まえ》から、ずっとずっと会《あ》いたかったお母《かあ》さん。

なのに。

そのお母《かあ》さんが、私《わたし》たち家族《かぞく》を引《ひ》きさこうとするなんて……！

一体《いったい》どうして!?

「さ、あなたたち、さっさとそこをどいて。四月《しづき》をちょうだい」

麗《うらら》さんは野良猫《のらねこ》でも追《お》いはらうように「シッシッ」と手《て》を動《うご》かした。

「……なんでですか？」

私《わたし》は思《おも》わず立《た》ちあがり、一歩前《いっぽまえ》に出《で》た。

「なんで一人《ひとり》だけなんですか!?　なんで四月《しづき》ちゃんなんですか？　私《わたし》たち、やっと……やっと家《か》族《ぞく》になれたところだったんです。ずっとひとりぼっちで、つらくて、それでっ……ようやく家族《かぞく》ができたと思《おも》ったのに……！」

私《わたし》は必死《ひっし》にさけんだ。

「そうよ……！　本当《ほんとう》のお母《かあ》さんなら、こんなひどいことしないわ！」

一花《いちか》ちゃんは四月《しづき》ちゃんをかばうように、大《おお》きくうでを広《ひろ》げた。

「せやせや！　なんやのあんた、勝手《かって》に出《で》てきて。シヅちゃんはうちらの大事《だいじ》な妹《いもうと》や！」

二鳥《にとり》ちゃんも負《ま》けじとどなる。

だけど麗《うらら》さんは、あざ笑《わら》うようにこう言《い》った。

「家族《かぞく》……ね。四月《しづき》がそう言《い》ったの？」

「……それ、は……っ」

そうだ、まだ四月《しづき》ちゃんの口《くち》からは聞《き》いていない――。

私《わたし》が言葉《ことば》をつまらせたのをいいことに、麗《うらら》さんはサッと四月《しづき》ちゃんの手《て》をとった。

「そんなことだろうと思《おも》ったわ。一体《いったい》、勝手《かって》なのはどっち？　私《わたし》は事前《じぜん》に手紙《てがみ》で、むかえに行《い》くって、ちゃーんと伝《つた》えてあったでしょう。そもそも……家族《かぞく》？　妹《いもうと》？　本気《ほんき》でそう思《おも》っていないんじゃない？　鏡《かがみ》で見《み》てごらんなさいよ」

麗《うらら》さんが細《ほそ》い指《ゆび》を立《た》て、真《ま》っ赤《か》なマニキュアが光《ひか》る爪《つめ》で、スッと玄関《げんかん》の大《おお》きな鏡《かがみ》を指《ゆび》さす。

そこに映《うつ》るのは、同《おな》じ顔《かお》をした四姉妹《よんしまい》の姿《すがた》。

「四月《しづき》だけがパジャマのまま。髪《かみ》も結《ゆ》っていない。仲間《なかま》はずれにしてるのね。かわいそうに」

「ちっ、ちがうもん！」

だまってなんていられない。

私《わたし》は四月《しづき》ちゃんと麗《うらら》さんの間《あいだ》に割《わ》りこみ、ありったけの声《こえ》でさけんだ。

だけど、その先《さき》の言葉《ことば》が出《で》てこない……。

そんな私《わたし》を見《み》て、麗《うらら》さんは落《お》ちついた調子《ちょうし》で続《つづ》ける。

「あなたたち、四月《しづき》の過去《かこ》を何《なに》も知《し》らないんでしょう。それもそうよね。四月《しづき》から何《なに》ひとつ聞《き》かされてないいんだもの。私《わたし》は知《し》ってるわ。ちゃんと調《しら》べたからね。いじめにあっていたことも、大《たい》切《せつ》なお友達《ともだち》を巻《ま》きこんじゃったことも、そんないじめから逃《に》げるようにここに来《き》たってことも」

四月《しづき》ちゃんが、ううん、姉妹全員《しまいぜんいん》が息《いき》をのんだ。

「辛《つら》い過去《かこ》を知《し》りもしないで、よく家族《かぞく》だなんて言《い》えるわね。四月《しづき》は私《わたし》と暮《く》らした方《ほう》がずっと幸《しあわ》せになれるのよ。四月《しづき》のことを何《なに》も知《し》らないあなたたちは、お姉《ねえ》さん失格《しっかく》よ。四月《しづき》を引《ひ》きとめる権利《けんり》なんて、あなたたちにはないのよ」

「……ち、ちがうもん、私《わたし》、し、知《し》っ……」

悔《くや》しさと怒《いか》りと混乱《こんらん》で、頭《あたま》の中《なか》が赤《あか》や白《しろ》にチカチカと点滅《てんめつ》した。

ぐちゃぐちゃにからまった気持《きも》ちが押《お》しよせて、うまく言葉《ことば》が出《で》てこない……！

張《は》りつめた心《こころ》の糸《いと》がプツンと切《き》れそうになったとき。

私《わたし》の背中《せなか》を、二人《ふたり》のお姉《ねえ》ちゃんが、ぐっと支《ささ》えた。

強《つよ》い光《ひかり》を宿《やど》したまなざしで、二人《ふたり》は大《おお》きく声《こえ》を張《は》る。

「うちらかて、知《し》ってるわ！」

「四月《しづき》の過去《かこ》も、どんな思《おも》いでここに来《き》たのかも！」

「「えっ………!?」」

私《わたし》も四月《しづき》ちゃんも息《いき》をのんで、お姉《ねえ》ちゃんたちにバッと顔《かお》を向《む》けた。

「ごめんね。昨日《きのう》、聞《き》いてたの」

「うちはそれを一花《いちか》から聞《き》いた！」

二人《ふたり》は、たのもしい声《こえ》で答《こた》えた。

そっか……！

私《わたし》の部屋《へや》と、一花《いちか》ちゃんの部屋《へや》を仕切《しき》っているのは、ふすま一枚《まい》。

二人《ふたり》の部屋《へや》は、音《おと》がほとんどつつぬけだったんだ……。

一花《いちか》ちゃんも二鳥《にとり》ちゃんも、四月《しづき》ちゃんのこと、ちゃんと知《し》ってるんだ！

そう思《おも》ったら、目《め》の前《まえ》がぱっと明《あか》るくなった。

「なあシヅちゃん。うちらみーんなシヅちゃんのことが好《す》きや。シヅちゃんに会《あ》えてうれしかった。出《で》ていくやなんて言《い》わんといて！」

二鳥《にとり》ちゃんが四月《しづき》ちゃんの空《あ》いている手《て》をぎゅっと握《にぎ》った。

その目《め》は、まじりっけなしのあたたかい色《いろ》に満《み》ちていて。

「いじめられて逃《に》げてきたなんて、それがどうしたのよ。うまく逃《に》げきれてよかったわ。私《わたし》たちみんな、大事《だいじ》な妹《いもうと》が無事《ぶじ》で本当《ほんとう》によかったって思《おも》ってるのよ！」

玄関《げんかん》じゅうにひびくような声《こえ》で、一花《いちか》ちゃんが言《い》った。

その眉《まゆ》は、どこか怒《おこ》ったように勇《いさ》ましく寄《よ》せられていて。

二人《ふたり》を見《み》ているうちに、体《からだ》の奥《おく》から、まばゆく輝《かがや》くような勇気《ゆうき》があふれだしてきた。

「行《い》かないでっ……行《い》かないで四月《しづき》ちゃん！　私《わたし》たちは四姉妹《よんしまい》なんだよ！　四月《しづき》ちゃんは私《わたし》たちの大切《たいせつ》な家族《かぞく》なの!!」

人生《じんせい》で一番大《いちばんおお》きな声《こえ》で、私《わたし》はさけんだ。

麗《うらら》さんは、いらだたしげに眉《まゆ》をひくつかせ、ヒステリックにどなる。

「そんなの関係《かんけい》ないわ！　四月《しづき》は言《い》ったのよ！　私《わたし》と暮《く》らすって!!」

そして、こう言《い》った。

「四月《しづき》が家族《かぞく》だと思《おも》ってるのはね、あなたたちじゃない！　私《わたし》なの！」

私《わたし》の心臓《しんぞう》から血《ち》がふきだしそうになった。

四月《しづき》ちゃんが私《わたし》たちを家族《かぞく》だと思《おも》ってないなんて、そんなことあるわけないじゃない……っ！

四人《にん》で過《す》ごしてきた日々《ひび》が、次々《つぎつぎ》に頭《あたま》の中《なか》をかけめぐる。

ケンカしたり、辛《つら》かったことを思《おも》いだしたり、大変《たいへん》なこともあったけど、家族《かぞく》がいる、姉妹《しまい》がいるって思《おも》ったら、うれしくて、楽《たの》しくて、幸《しあわ》せで……私《わたし》たち、いつも笑《わら》って……。

……笑《わら》ってた？

四月《しづき》ちゃんは、笑《わら》ってたっけ？

あれ？　──あれっ？

ひとつも、笑顔《えがお》を思《おも》いだせないよ。

四月《しづき》ちゃんは──四月《しづき》ちゃんだけは、笑《わら》ってなかった……。

私《わたし》たちが勝手《かって》に家族《かぞく》だって思《おも》ってただけで、四月《しづき》ちゃんは、もしかしてずっと──。

「――ちがう！」

冷《ひ》えきった空気《くうき》に、声《こえ》がひびいた。

それは、今《いま》まで聞《き》いたことのないような、四月《しづき》ちゃんの大声《おおごえ》だった。

「姉《ねえ》さんたちは、僕《ぼく》の家族《かぞく》だ！」

一瞬《いっしゅん》、夢《ゆめ》を見《み》ているのかと思《おも》った。

姉《ねえ》さん。

家族《かぞく》。

今《いま》……そう言《い》った？

胸《むね》の中《なか》に強《つよ》い気持《きも》ちが押《お》しよせて、目《め》の奥《おく》が熱《あつ》くなる。

すーっと、涙《なみだ》が私《わたし》のほおを伝《つた》っていく。

「……何《なに》言《い》ってるの、四月《しづき》？　あなたはこの家《いえ》に居場所《いばしょ》がなくて、私《わたし》と家族《かぞく》になりたいから、私《わたし》のところへ来《く》るって言《い》ったんでしょう？」

麗《うらら》さんが、怒《いか》りに声《こえ》をふるわせた。

「ちがう……僕《ぼく》は、……姉《ねえ》さんたちを、いじめとかそういう不幸《ふこう》なことに巻《ま》きこみたくなかったから……！　やっと出会《であ》えた大切《たいせつ》な家族《かぞく》だから絶対《ぜったい》に傷《きず》つけたくなくて、だから離《はな》れようと思《おも》ったんです。お母《かあ》さんは……あなたは僕《ぼく》のお母《かあ》さんだとしても、僕《ぼく》の——僕《ぼく》の家族《かぞく》じゃない！」

その細《ほそ》い体《からだ》のどこにそんな力《ちから》があるのかと思《おも》うほど力強《ちからづよ》く。

四月《しづき》ちゃんは麗《うらら》さんの手《て》を、バッ！　とふりほどいた。

そして、もう一度《いちど》、大《おお》きく息《いき》を吸《す》う。

「——姉《ねえ》さんたちは、僕《ぼく》を受《う》けいれてくれた。僕《ぼく》はこばんだのに、それでも離《はな》さないって、家族《かぞく》なんだって言《い》ってくれた！　だから、だからこそ……、僕《ぼく》は……っ」

大粒《おおつぶ》の涙《なみだ》といっしょに、四月《しづき》ちゃんから言葉《ことば》がぽろぽろとこぼれでた。

一花《いちか》ちゃんと二鳥《にとり》ちゃんも、笑《わら》っているような、泣《な》いているような、どちらともつかない表情《ひょうじょう》で目《め》をうるませている。

「アホ！　なんでそうなんねん！」

「そうよ、本当《ほんとう》にバカね……そんなことして私《わたし》たちが喜《よろこ》ぶと思《おも》ったの？」

「四月《しづき》ちゃんといっしょなら、私《わたし》たち、どんなことでも巻《ま》きこまれたいよ！」

私《わたし》たちは、妹《いもうと》を全身《ぜんしん》でだきしめた。

さびきっていた錠前《じょうまえ》が外《はず》れ、閉《と》ざされていた心《こころ》の扉《とびら》が、きしみながらゆっくりと開《ひら》いていく。

その音《おと》が、私《わたし》には聞《き》こえた気《き》がした。

「姉《ねえ》さん…………っ……！」

四月《しづき》ちゃんのすすりあげる声《こえ》だけが、辺《あた》りをつつむころ。

「あのお……大丈夫《だいじょうぶ》…………？」

少《すこ》しとまどったような、けれど優《やさ》しい声《こえ》がかけられた。

ハッと目《め》を向《む》けると、門扉《もんぴ》の向《む》こうに、おとなりに住《す》んでいる佐藤《さとう》さんが立《た》っていた。

「いえね、ちょっと大《おお》きい声《こえ》が聞《き》こえたもんだから……あらっ、どうしたの？　泣《な》いてるの？」

佐藤《さとう》さんは私《わたし》たちを見《み》て、びっくりしてる。

それから「あなた、どちら様《さま》？」と言《い》いたげな目《め》で、麗《うらら》さんをジロジロ見《み》た。

「ちっ」

麗《うらら》さんは舌打《したう》ちをし、長《なが》い髪《かみ》の毛《け》をかきあげる。そして、

「あなたたちの気持《きも》ちはわかったわ。今日《きょう》のところは帰《かえ》ります。でも……またすぐに来《く》るからね」

不敵《ふてき》な笑《え》みを浮《う》かべると、ヒールの音《おと》を高《たか》く鳴《な》らしながら去《さ》っていった。

16　私《わたし》たちは四姉妹《よんしまい》

「できたで、シヅちゃん」

黒髪《くろかみ》に、ちょこんとのった紫色《むらさきいろ》の髪飾《かみかざ》り。

うん、やっぱり思《おも》ったとおり、とっても似合《にあ》ってる！

私《わたし》は鏡《かがみ》の中《なか》の四月《しづき》ちゃんを見《み》てにっこりほほえんだ。

髪《かみ》をハーフアップに結《ゆ》われた四月《しづき》ちゃんは、ゆっくりまばたきをくりかえしてる。

「これやったら首《くび》の後《うし》ろはかくれてるし、上品《じょうひん》でシュッとしてて、シヅちゃんにぴったりや！」

満足《まんぞく》げに、何度《なんど》もうなずく二鳥《にとり》ちゃん。

「本当《ほんとう》ね、かわいい」

四月《しづき》ちゃんの肩《かた》をだいて、ほおずりする一花《いちか》ちゃん。

「本当《ほんとう》にかわいい！」

私《わたし》が後《うし》ろからだきつくと、四月《しづき》ちゃんは「ふえっ」と変《へん》な声《こえ》をあげて、はずかしそうに両手《りょうて》で顔《かお》をおおっちゃった。

私《わたし》たち姉《あね》三人《にん》は「あははっ」と笑《わら》って、かわるがわる四月《しづき》ちゃんの頭《あたま》をなでる。

それから、居間《いま》へ移動《いどう》して、四人《にん》の写真《しゃしん》をとって富士山《ふじやま》さんに送《おく》った。

今回《こんかい》の自立《じりつ》ミッション「四人《にん》でおそろいのものを身《み》につけよう」も達成《たっせい》だ。

座布団《ざぶとん》にこしを下《お》ろして、ほっと一息《ひといき》ついたころ、

「……にしても本当《ほんとう》になんだったのかしらあの女《おんな》の人《ひと》。っていうか、四月《しづき》も四月《しづき》よ。あの人《ひと》に会《あ》ったことがあるの？　一人《ひとり》で？　一体《いったい》どこで？　何回《なんかい》？」

一花《いちか》ちゃんにやつぎばやに質問《しつもん》されて、四月《しづき》ちゃんは今《いま》までにない早口《はやくち》で返事《へんじ》をした。

「げ、下校中《げこうちゅう》に声《こえ》をかけられて、車《くるま》で喫茶店《きっさてん》に連《つ》れていかれて二回《かい》くらい話《はなし》をして……」

「ダメでしょ、知《し》らない人《ひと》についていっちゃ。誘拐《ゆうかい》されたらどうするの」

「ごめんなさい……。でも、あの女《おんな》の人《ひと》、僕《ぼく》らと顔《かお》が似《に》てたから……」

しゅん、と肩《かた》を落《お》とす四月《しづき》ちゃん。

私《わたし》は麗《うらら》さんの顔《かお》を思《おも》いだす。

本当《ほんとう》に、他人《たにん》とは思《おも》えないくらい、よく似《に》てたよね……。

しかも、ただ単《たん》に似《に》てた、ってだけじゃなくて。

――「証拠《しょうこ》がほしいなら、DNA鑑定《かんてい》したっていいのよ」

自信満々《じしんまんまん》に言《い》うってことはやっぱり――。

「あの人《ひと》って……私《わたし》たちの、本当《ほんとう》のお母《かあ》さんなのかな……？」

だとしたら、追《お》いはらうようなことをして、本当《ほんとう》によかったのかな……？

「たとえ……たとえ本当《ほんとう》のお母《かあ》さんだとしても……」

「なんぼほんまのお母《かあ》さんでも、うちらを離《はな》そうとすんのは悪者《わるもの》やわ。ていうか、あんなオバハン、お母《かあ》さんやとしても、お母《かあ》さんとちゃうわ！」

言葉《ことば》を迷《まよ》う一花《いちか》ちゃんとは正反対《せいはんたい》に、二鳥《にとり》ちゃんはバシッと言《い》いきった。

「うちはあのオバハンほんまに好《す》かん！　何《なに》が『都合《つごう》』や！　『一番《いちばん》かわいそうな子《こ》を一人《ひとり》だけ引《ひ》きとる』や！」

二鳥《にとり》ちゃん、ぎゅっとこぶしをにぎって、目《め》をつりあげてる。

「どうせあのオバハン、施設《しせつ》の人《ひと》とか学校《がっこう》の人《ひと》とかに聞《き》いて、こっそりうちらのこと探《さぐ》ったんやろ。そんで『シヅちゃんだけ髪飾《かみかざ》りつけてないからシヅちゃんが一番《いちばん》かわいそう。一番《いちばん》かわいそうな子《こ》は簡単《かんたん》に言《い》うこと聞《き》きそう』とか思《おも》たんやろうけど、ざーんねんでした！　シヅちゃんは全然《ぜんぜん》かわいそうな子《こ》ではありません～！」

ころっと表情《ひょうじょう》を変《か》えた二鳥《にとり》ちゃんは、四月《しづき》ちゃんにだきついて思《おも》いきりほおずりをした。

「ふっ、ええええ～!?」

四月《しづき》ちゃん、顔《かお》を真《ま》っ赤《か》にしてあわててる。

あっ……そういえば、前《まえ》に湊《みなと》くんがスマホのメッセージで「三風《みふ》ちゃんに似《に》てる女《おんな》の人《ひと》が、四《よ》つ子《ご》のことを聞《き》いてきた」って言《い》ってたっけ。

その女《おんな》の人《ひと》って、麗《うらら》さんだったんだ。

「そうね……DNA鑑定《かんてい》の話《はなし》だって、ハッタリってこともあるものね」

一花《いちか》ちゃんは口《くち》ではそう言《い》うけど、表情《ひょうじょう》はやっぱり不安《ふあん》そう。

「ねえ、四月《しづき》ちゃんは、どう思《おも》う？」

私《わたし》も不安《ふあん》になってきて、四月《しづき》ちゃんの意見《いけん》も聞《き》いてみたいと思《おも》った。

四月《しづき》ちゃんが麗《うらら》さんと二人《ふたり》で話《はな》したとき、何《なに》か気《き》づいたことがあるかもしれないから。

「え……あの、えっと……」

四月《しづき》ちゃんはだまりこんで、じっとうつむいた。

その目《め》には、今《いま》までの四月《しづき》ちゃんにはなかった、キラリと冴《さ》えわたる光《ひかり》が宿《やど》っている。

数秒《すうびょう》ののち、彼女《かのじょ》はスッと顔《かお》を上《あ》げた。

「僕《ぼく》もどうかしてました……やはりあの女性《じょせい》の主張《しゅちょう》は不合理《ふごうり》です。身《み》なりからも推察《すいさつ》できるように、あの人《ひと》は相当裕福《そうとうゆうふく》な身分《みぶん》のはずなんです。僕《ぼく》と二人《ふたり》で会《あ》ったときも、ものすごく大《おお》きなリムジンがむかえに来《き》ましたし、喫茶店《きっさてん》の支払《しはら》いだってブラックカードでした。経済的《けいざいてき》に十分《じゅうぶん》すぎるほどの余裕《よゆう》があるにもかかわらず、実《じつ》の子《こ》どもを一人《ひとり》しか引《ひ》きとらないなんて……血《ち》のつながりはともかく、親《おや》としての資質《ししつ》に欠《か》けていると思《おも》わざるをえません」

私《わたし》たち、ぽかんと口《くち》を開《あ》け固《かた》まっちゃった。

無口《むくち》だった四月《しづき》ちゃんから、あんまりにもスラスラと言葉《ことば》が出《で》てきて、本当《ほんとう》にびっくりして。

やがて、一花《いちか》ちゃんが何度《なんど》もまばたきをしながらつぶやく。

「あんた……探偵《たんてい》なの？」

四月《しづき》ちゃんは照《て》れたようにうつむいて、

「推理小説《すいりしょうせつ》とか、好《す》きです……施設《しせつ》にいるのも学校《がっこう》にいるのもイヤで、図書館《としょかん》によく行《い》ってて」

なんて言《い》っている。

そういえば、お母《かあ》さんからの手紙《てがみ》が来《き》たときも、手紙《てがみ》がじかに郵便受《ゆうびんう》けに入《い》れられたって、真《ま》っ先《さき》に気《き》づいてたっけ。

四月《しづき》ちゃんって、実《じつ》はすっごく頭《あたま》がいいのかも！

思《おも》わぬ一面《いちめん》を発見《はっけん》して、私《わたし》、なんだかうれしくなった。

「すごいね四月《しづき》ちゃん！　ところで……ブラックカード、って何《なに》？」

わからなかったことをたずねると、となりにいた二鳥《にとり》ちゃんがニヤッと笑《わら》って答《こた》えてくれた。

「黒《くろ》いカードや」

「えーっ、そのまんまじゃん」

「ウソウソ。ケタちがいのお金持《かねも》ちしか持《も》たれへんクレジットカードやと思《おも》う。よう知《し》らんけど」

……ケタちがいの、お金持《かねも》ち。

私《わたし》も、さっきの四月《しづき》ちゃんと同《おな》じようにじっと考《かんが》えこんだ。

麗《うらら》さんって……何者《なにもの》なんだろう？

本当《ほんとう》に、本物《ほんもの》のお母《かあ》さんなのかな。

だとしたらどうして、一人《ひとり》しか引《ひ》きとらない、なんて勝手《かって》なことを言《い》うんだろう？

私《わたし》は、お母《かあ》さんの残《のこ》した水色《みずいろ》のハート形《がた》のペンダントを、服《ふく》の上《うえ》からにぎりしめた。

麗《うらら》さん「またすぐに来《く》る」って言《い》ってたし……。

今度《こんど》こそ、私《わたし》たち、バラバラにされちゃうんじゃ――。

「四月《しづき》、何《なに》か他《ほか》に気《き》づいたことない？」

一花《いちか》ちゃんはあせったような口調《くちょう》で、四月《しづき》ちゃんにそう聞《き》いた。

「……そういえば……ちょっと待《ま》っててください」

四月《しづき》ちゃんが自分《じぶん》の部屋《へや》から持《も》ってきたのは、白《しろ》い、大《おお》きめのハンカチ。

「これ、あの女《おんな》の人《ひと》にもらったものなんです。昨日《きのう》、雨《あめ》でカバンがぬれちゃって……でも、僕《ぼく》、たまたまハンカチを学校《がっこう》に忘《わす》れて持《も》ってなくて……そしたら『あげるわ』って。でも……こんなハンカチじゃ何《なん》の手《て》がかりにもなりませんね……」

肩《かた》を落《お》とす四月《しづき》ちゃん。

「見《み》てみてもいい？」

何《なに》げなく、私《わたし》はそのハンカチを広《ひろ》げてみた。

つやつやした高級《こうきゅう》そうな生地《きじ》で、フチにはレースがついていて――。

「ん……？」

ハンカチのはしっこに、かわいいししゅうがされている。

ピンク、赤《あか》、水色《みずいろ》、紫色《むらさきいろ》。

四色《しょく》の葉《は》を持《も》つ、四《よ》つ葉《ば》のクローバーだ。

かわいい！　私《わたし》たち四人《にん》の好《す》きな色《いろ》と同《おな》じだね。

あれ……？　でも、このマーク……。

………どこかで見《み》たような………？

そう思《おも》ったとき。

――ぐきゅるる～～～………

「わっ……！」

ふいに私《わたし》のお腹《なか》が、マンガみたいな音《おと》を鳴《な》らした。

真《ま》っ赤《か》になった私《わたし》に、みんなが、ふふっ、と笑《わら》う。

すると、空気《くうき》を変《か》えるように、一花《いちか》ちゃんが、パン！　と大《おお》きく手《て》をたたいた。

「さあ、朝《あさ》ごはんにしましょ。家事《かじ》を片《かた》づけたら、お昼《ひる》からケーキを買《か》いに行《い》くのよ」

「ケーキ!?」

私《わたし》はパッと顔《かお》を上《あ》げた。

「な、シヅちゃんは何《なに》ケーキがええ？」

「えっ………」

二鳥《にとり》ちゃんがたずねると、四月《しづき》ちゃんは目《め》を見《み》ひらき、だまりこんだ。

「そうそう。今日《きょう》はね、四月《しづき》の好《す》きなケーキを買《か》おうかと思《おも》うんだけど、どうかしら」

一花《いちか》ちゃんが、ケーキ屋《や》さんのパンフレットを出《だ》してきて、机《つくえ》に広《ひろ》げた。

いちごのケーキ、フルーツケーキ、チョコレートケーキ、チーズケーキ。

いろんな種類《しゅるい》の、おいしそうなケーキの写真《しゃしん》がのっている。

「そんな……いいんですか。みんなの誕生日《たんじょうび》なのに」

遠慮《えんりょ》がちにうつむく四月《しづき》ちゃんの背《せ》を、二鳥《にとり》ちゃんがぱしぱしたたいた。

「ええのええの。今年《ことし》はシヅちゃんの好《す》きなケーキ。来年《らいねん》は三風《みふ》ちゃん。再来年《さらいねん》はうち。その次《つぎ》の年《とし》は一花《いちか》の好《す》きなケーキにするから」

「いいね、それ！」

私《わたし》もうきうきしてきた。

「一周《しゅう》したら、また次《つぎ》の年《とし》から、四月《しづき》ちゃん、私《わたし》、二鳥《にとり》ちゃん、一花《いちか》ちゃんの順番《じゅんばん》なんだね」

「……僕《ぼく》たち、ずっと家族《かぞく》なんですね」

当《あ》たり前《まえ》のことを、今初《いまはじ》めて気《き》づいたというように、四月《しづき》ちゃんが言《い》った。

「そうよ」「せやで」「ずっと家族《かぞく》だよ」

三人同時《にんどうじ》に笑《わら》いかける。

当《あ》たり前《まえ》のことだけど、これってすごいことだよね。

家族《かぞく》は、離《はな》れない。

いつまでたっても、何《なに》が起《お》きても、ずっと家族《かぞく》なんだもん。

「僕《ぼく》……」

四月《しづき》ちゃんはしばらく考《かんが》えて、

「この、フルーツケーキがいいです」

ちゃんと聞《き》こえる大《おお》きさの声《こえ》で、そう言《い》ってくれた。

――「なんでもいいです」「どっちでもいいです」

遠慮《えんりょ》ばかりしていたあの四月《しづき》ちゃんは、もういないんだ。

あらためてそう感《かん》じるとうれしくて、私《わたし》は四月《しづき》ちゃんの手《て》をきゅっとにぎった。

二鳥《にとり》ちゃんも満足《まんぞく》そうに笑《わら》って、ぴょん、とはねるように立《た》ちあがる。

「よっしゃ！　夕方《ゆうがた》からはみんなでパーティーや！」

「パーティー!?　やったー！」

私《わたし》が立《た》ちあがりざまに、思《おも》いっきりバンザイをすると、

——パーン！

「きゃっ」「わっ」「ひゃっ」「——っ」

爪《つめ》が当《あ》たって、大《おお》きな風船《ふうせん》がひとつ割《わ》れちゃった！

思《おも》わずみんな肩《かた》をすくめる。

一瞬《いっしゅん》ののち、ゆっくりと顔《かお》を上《あ》げると——。

ピンク、赤《あか》、水色《みずいろ》、紫色《むらさきいろ》。

風船《ふうせん》の中《なか》に入《はい》っていた四人《にん》の色《いろ》の紙吹雪《かみふぶき》が、ひらひらと華《はな》やかに舞《ま》いおどっていた。

「桜《さくら》みたい……」

紙吹雪《かみふぶき》入《い》りの風船《ふうせん》には反対《はんたい》だったはずの一花《いちか》ちゃんが、うっとりとそうつぶやくと、

「結婚式《けっこんしき》、みたい」

小《ちい》さな声《こえ》で四月《しづき》ちゃんが言《い》い、うれしそうににっこりした。

「十三歳《さい》、おめでとう！」

二鳥《にとり》ちゃんが楽《たの》しそうにさけび、私《わたし》もつられて大《おお》きな声《こえ》で言《い》った。

「家族《かぞく》になれた、お祝《いわ》いの紙吹雪《かみふぶき》だね！」

それから、だれからともなく、笑《わら》いだした。

四人《にん》の髪《かみ》には、おそろいの髪飾《かみかざ》り。

笑《わら》い声《ごえ》のひびく中《なか》、朝日《あさひ》に輝《かがや》くそれは……。

雨《あめ》のあがった空《そら》から舞《ま》いおりた、虹《にじ》のかけらみたいに見《み》えた。

あとがき

はじめまして。

この小説《しょうせつ》を書《か》いた、ひのひまりです。

三風《みふ》たち四姉妹《よんしまい》のお話《はなし》、いかがでしたか？


このお話《はなし》を思《おも》いついた日《ひ》のことを、私《わたし》は今《いま》でもよく覚《おぼ》えています。

その日《ひ》、私《わたし》は仲《なか》のいいお友《とも》だちと遊《あそ》びに行《い》く予定《よてい》だったのですが、それがあまりに楽《たの》しみで、朝《あさ》の四時《じ》に目《め》が覚《さ》めてしまったんです。（集合時間《しゅうごうじかん》は十一時《じ》くらいなのに……）

眠《ねむ》らなきゃ。でも眠《ねむ》れない……布団《ふとん》の中《なか》で目《め》をつむってボーッとしていたら………。

しっかり者《もの》の長女《ちょうじょ》・一花《いちか》。

明《あか》るくお茶目《ちゃめ》な次女《じじょ》・二鳥《にとり》。

ちょっぴりドジな三女《じょ》・三風《みふ》。

内気《うちき》で人見知《ひとみし》りな四女《じょ》・四月《しづき》。

そんな四人《にん》が、ふわふわふわっと、夢《ゆめ》の中《なか》から浮《う》かびあがるようにして会《あ》いに来《き》てくれて。

私《わたし》はすぐ、起《お》きだして、机《つくえ》に向《む》かってノートを開《ひら》きました。

一卵性《いちらんせい》の四《よ》つ子《ご》で、見《み》た目《め》はそっくりなのに、性格《せいかく》はバラバラの四人《にん》。

この子《こ》たち、どんな色《いろ》が好《す》きかな？　どんな髪型《かみがた》がいいかな？　何《なに》が得意《とくい》かな？

ひとりぼっちだと思《おも》ってたのに、ある日突然《ひとつぜん》、自分《じぶん》とそっくりな子《こ》が三人《にん》も現《あらわ》れたら……。

その子《こ》たちと家族《かぞく》になって、子《こ》どもだけで暮《く》らすことになったら……。

ちょっと想像《そうぞう》するだけで、世界《せかい》がどんどん広《ひろ》がって、わくわくするままにペンを動《うご》かしていたら、あっという間《ま》にノートのページがうまっていきました。

そして、約束《やくそく》の時間《じかん》が来《き》たので、お友《とも》だちと遊《あそ》びに行《い》って、

「ひのさんは小説家《しょうせつか》を目指《めざ》してるんだよね。今《いま》、どんな話《はなし》を書《か》いてるの？」

「四《よ》つ子《ご》の四姉妹《よんしまい》のお話《はなし》だよ」

「そうなんだ。面白《おもしろ》そう。夢《ゆめ》に向《む》かってがんばってね！」

って応援《おうえん》してもらって、すっごくうれしくて、お話作《はなしづく》りにますますやる気《き》が出《で》ました。

そんなふうにして生《う》まれた四姉妹《よんしまい》のお話《はなし》が、このたびこうして本《ほん》になりました。

感動《かんどう》と喜《よろこ》びで胸《むね》がいっぱいです。


もし、あなたが、子《こ》どもだけで暮《く》らすことになったら、どんな子《こ》と暮《く》らしてみたい？

あなたは、一花《いちか》、二鳥《にとり》、三風《みふ》、四月《しづき》の四人《にん》の中《なか》なら、だれに一番似《いちばんに》てると思《おも》う？

みんなの思《おも》ったことを、教《おし》えてもらえたらうれしいです。


佐倉《さくら》おりこ先生《せんせい》、素敵《すてき》なイラストを描《か》いてくださって、本当《ほんとう》にありがとうございます。

第《だい》6回角川《かいかどかわ》つばさ文庫小説賞特別賞《ぶんこしょうせつしょうとくべつしょう》に選《えら》んでくださった審査員《しんさいん》の先生方《せんせいがた》、寄《よ》りそい支《ささ》えてくださった担当編集《たんとうへんしゅう》のA様《さま》、S様《さま》、この本《ほん》に関《かか》わってくださったすべての方々《かたがた》、本当《ほんとう》にありがとうございます。

あなたも、ここまで読《よ》んでくれて本当《ほんとう》にありがとう。

これからも、四《よ》つ子《ご》たちを応援《おうえん》してね。

次《つぎ》の巻《かん》もお楽《たの》しみに！

＊ひのひまり先生《せんせい》へのお手紙《てがみ》は、角川《かどかわ》つばさ文庫編集部《ぶんこへんしゅうぶ》に送《おく》ってください！
〒102－8078　東京都千代田区富士見《とうきょうとちよだくふじみ》1－8－19
株式会社《かぶしきがいしゃ》KADOKAWA　角川《かどかわ》つばさ文庫編集部《ぶんこへんしゅうぶ》　ひのひまり先生係《せんせいがかり》

次《じ》回《かい》予《よ》告《こく》

四月《しづき》とも仲良《なかよ》くなれたし、これからますます毎日《まいにち》が楽《たの》し……（プルルル）……あ、電話《でんわ》だわ。ハイ……えっ、ええっ、ええええええ!?

どうしたの、一花《いちか》ちゃん？

ごめん、私《わたし》ちょっと出《で》かけてくる！

は!?　どこ行《い》くねん！　一花《いちか》っ！　イチ……行《い》ってしもた……。これはあやしいな。よっしゃ、みんなで尾行《びこう》したろ！

ええ～そんなことしていいのかなぁ？ねえ、四月《しづき》ちゃん？

いいですね、行《い》きましょう（キリッ）

四月《しづき》ちゃ～ん…（泣《なき》）

一花《いちか》ちゃんにかくされた
オドロキのヒミツって!?

四《よ》つ子《ご》ぐらし②　2019年《ねん》2月《がつ》発売予定《はつばいよてい》！

ひのひまり／作

おとめ座のO型。奈良県在住。2018年、「エスパー部へようこそ」で第6回角川つばさ文庫小説賞一般部門、史上初となる特別賞を受賞。本作『四つ子ぐらし① ひみつの姉妹生活、スタート！』でデビュー。好きな食べ物はお肉料理。好きな色は緑。

佐倉おりこ／絵

やぎ座のB型。栃木県在住。キュートでガーリーな作風で人気を博すイラストレーター。児童書籍、技法書など、ジャンルを問わず幅広く活躍中。お部屋の模様替えをするのが好き。

角川《かどかわ》つばさ文庫《ぶんこ》

四《よ》つ子《ご》ぐらし①

ひみつの姉妹《しまい》生活《せいかつ》、スタート！

作《さく》　ひのひまり
絵《え》　佐倉《さくら》おりこ

2018年10月15日　初版発行
2020年1月20日　12版発行

発行者　郡司 聡
発　行　株式会社KADOKAWA
　　　　〒102-8177　東京都千代田区富士見 2-13-3
　　　　電話　0570-002-301（ナビダイヤル）
印　刷　大日本印刷株式会社
製　本　大日本印刷株式会社
装　丁　ムシカゴグラフィクス

©Himari Hino 2018
©Oriko Sakura 2018　Printed in Japan
ISBN978-4-04-631840-4　C8293　　N.D.C.913　222p　18cm

本書の無断複製（コピー、スキャン、デジタル化等）並びに無断複製物の譲渡及び配信は、著作権法上での例外を除き禁じられています。また、本書を代行業者などの第三者に依頼して複製する行為は、たとえ個人や家庭内での利用であっても一切認められておりません。
定価はカバーに表示してあります。

KADOKAWA　カスタマーサポート
［電話］0570-002-301（土日祝日を除く11時～17時）
［WEB］https://www.kadokawa.co.jp/（「お問い合わせ」へお進みください）
※製造不良品につきましては上記窓口にて承ります。
※記述・収録内容を超えるご質問にはお答えできない場合があります。
※サポートは日本国内に限らせていただきます。

読者のみなさまからのお便りをお待ちしています。下のあて先まで送ってね。
いただいたお便りは、編集部から著者へおわたしいたします。
〒102-8078　東京都千代田区富士見 1-8-19　角川つばさ文庫編集部

キュンキュンできて
笑《わら》えちゃう!!
『こちらパーティー編集部《へんしゅうぶ》っ!』シリーズの
深海先生《ふかみせんせい》がおくる新《しん》シリーズ♪
スイッチ!
日々野《ひびの》まつり
12才《さい》の中学《ちゅうがく》1年生《ねんせい》。女《おんな》の子《こ》が大好《だいす》き。
小笠原和月《おがさわらわつき》
みんなを仕切《しき》れるタイプ。でも怒《おこ》らせると怖《こわ》い。
藤原《ふじわら》レン
無口《むくち》で無愛想《ぶあいそう》だけど、イケメンの御曹司《おんぞうし》。
谷口翼《たにぐちつばさ》
クールな美少年《びしょうねん》。でも、この性格《せいかく》はテレビだけの演技《えんぎ》らしい。
男子《だんし》のことが大《だい》っ嫌《きら》い!! でも、イケメンアイドルのマネージャーになっちゃった!? トンデモ展開《てんかい》の学園《がくえん》ラブコメ!!
作:深海《ふかみ》ゆずは 絵:加々見絵里《かがみえり》